Narrativa del Acantilado, 380

TORTUGAS

ISABEL ALBA

TORTUGAS

BARCELONA 2024 ACANTILADO

Publicado por
ACANTILADO
Quaderns Crema, S. A.

Muntaner, 462 - 08006 Barcelona
Tel. 934 144 906
correo@acantilado.es
www.acantilado.es

En la cubierta, ilustración del *Atlas de astronomía* (1888), de Edmund Weiß

ISBN: 978-84-19958-40-2
DEPÓSITO LEGAL: B. 18 947-2024

AIGUADEVIDRE *Gráfica*
QUADERNS CREMA *Composición*
ROMANYÀ-VALLS *Impresión y encuadernación*

PRIMERA EDICIÓN *noviembre de 2024*

Una tortuga soporta el pilar del cielo.

J. CHEVALIER Y A. GHEERBRANT,
Diccionario de los símbolos

NOTA DE VOZ 56_ESTRELLA

03:33

Estoy metida en una cueva, como la que tanto me gustaba cuando era pequeña, ¿te acuerdas? Nos escondíamos juntas, al despertarnos, por la mañana temprano, siempre que me quedaba contigo, cuando la luz empezaba a entrar por las rendijas que te empeñabas en dejar en la persiana. La cueva es el hueco oscuro que forman la sábana y tu manta. Me he quedado con tu manta. Huele bien. Como hueles tú. Me gusta tu olor. Me recuerda a ti. A tu cuerpo y a tu jabón. Siempre odiaste las colonias. Y los ascensores, donde se acumulan los olores de otras personas, eso decías. En realidad, fuera de nuestra cueva, nunca te gustó estar encerrada en ninguna parte. Hablo bajito, espero que me oigas bien, es por no despertar a mamá. Aunque sería difícil. Como todas las noches desde que no estás, se ha sentado en el sofá, ha puesto la tele y ha suspirado mirando al infinito en lugar de a la pantalla. No ha querido cenar ni meterse en la cama. Sólo, al ver que me iba a mi cuarto, me ha pedido un vaso de agua para tomarse su pastilla, ya sabes, la que usa por el insomnio desde la pandemia. Le he dado la que quedaba en la nevera porque ya habían cortado la del grifo. Sigue en el sofá. Se ha dormido sentada, tiesa, lista para levantarse de un salto cuando le suene la alarma del móvil. Ya no se oye la tele. La he apagado yo. Antes, si alguna vez se quedaba encendida, la apagabas tú. Jo, qué mierda, me estoy enrollando de mala manera y nunca llego a lo que quiero contarte. O me centro de una vez o no voy a ningún sitio. Verás, me he refugiado aquí, en esta cueva nuestra, para contarte una noticia que te va a hacer saltar de alegría. Han encontrado en un asteroide una de las letras del ARN. ¿Y adivinas cuál? El uracilo. ¡Mi favorita! Si aún estuvieras aquí habríamos cerrado juntas los ojos e imaginado una lluvia de meteoritos portadores de moléculas de vida cayendo sobre la Tierra. De eso hace millones de años. Me refiero a la lluvia de meteoritos. Desde que tú te fuiste ha pasado poquísimo tiempo. Pero se me está haciendo larguísimo. La verdad es que sin ti no tengo ganas de imaginar nada. Aunque me gusta pensar qué dirás al enterarte de este notición. Puedo oírte soltándome lo simple que es la vida y el milagro que es al mismo tiempo. Lo fortuito de su aparición y lo tristemente previsible y humana que va a ser su extinción. Bueno, sé que después te disculparás, no quieres ponerme triste con pensamientos pesimistas en un día como hoy, me dirás, en el que tenemos tanto que celebrar, que hayan encontrado uracilo en un meteorito es lo más hermoso del mundo, ¿no te parece? Pues sí. Sí que lo es. Yo tampoco quiero ponerte triste diciéndote cuánto me acuerdo de ti y lo que te echo de menos. Todo el rato pasan cosas, te las voy a contar, te busco por la casa, y no estás. Está tu ropa en el armario y tus zapatillas junto a la cama y tus libros, que mamá dice que ahora son míos, sobre la mesilla y el paraguas negro, con la varilla rota, colgado del radiador. Hasta me parece oír tus pasos, pero no eres tú, sino mi cerebro que me juega malas pasadas. Tú me lo negarías, claro, dirías que mi cerebro sólo busca mi bienestar. Pero a veces me descubro dándome golpecitos con el puño en la cabeza y diciéndole, no hagas eso. Ya lo dejo. Te lo juro, de verdad que no quiero ponerte triste. No me olvido de nuestro pacto, eh, no ponernos tristes la una a la otra, lo tengo grabado. No alimentar la tristeza de la otra, dices tú. Adenina, citosina, guanina y uracilo, las letras de la vida. ¡Cuántas veces me las repetiste de pequeña, cada vez más rápido, como un trabalenguas, para entretenerme! ¿Te acuerdas? Me partía de la risa cuando te tropezabas en una de ellas. Bueno, te dejo, es muy tarde y mañana tengo que ir al instituto. ¡Qué perezón! Adenina, citosina, guanina y uracilo, esta noche las repetiré yo, sin trabarme, hasta que me quede dormida. Últimamente duermo poco. Buenas noches, Estrella. Te quiero.

NOTA DE VOZ 30_ACUERDO ESTRELLA Y YO

1:14
¿¡Vas a grabarlo!?
¡Claro! Así, si una no cumple, la otra sólo tiene que reenviárselo. Te lo mando por WhatsApp.
¿Y no es más fácil escribirlo en un papel y firmarlo ambas? Podemos fotocopiarlo.
¡Ja, ja, ja, mira que eres *boomer*!
Vale, tú ganas. ¿Empezamos ya?
¡Huy! ¡Llevo un rato grabando y ni te has enterado!

A ver, Estrella, y yo, Sofía, estamos sentadas en el sofá, delante de la ventana. Al otro lado, sobre la rama del árbol, hay un montón de cotorras en fila, apretadísimas, como una gran mancha verde, chillándonos. ¡Hola, cotorras! Nos miran con sus ojillos oscuros y un poco maliciosos, igual que siempre. ¡Son unas pesadas! Cerramos la ventana para no oírlas.
¿Te acuerdas de los gorriones? Mi madre solía sacudir el mantel en el alféizar. Sobre todo en invierno, se llenaba de gorriones que venían a por las miguitas de pan. Te lo he contado muchas veces.
Sí, pero no cambies de tema. ¡Chiss! Vuelvo a empezar:
Estrella y yo estamos sentadas en el sofá delante de la ventana y acabamos de llegar a un acuerdo. Este audio sirve para corroborarlo. Se dice así, ¿verdad?
¡No podías haberlo dicho mejor!
Y nuestro acuerdo es procurar no ponernos tristes la una a la otra.
No alimentar la tristeza de la otra.

Eso. Y lo cerramos con un apretón de manos.
¡Y un abrazo!

NOTA DE VOZ 58_INSTITUTO

00:48
Estoy sola, sentada en el suelo, entre la cancha de baloncesto y el campo de fútbol. Hasta hace un minuto, no estaba ni tan mal. Había trazado un círculo a mi alrededor. No era un círculo de verdad, claro, sino en plan imaginario, pero a mí me vale igual. Con los ojos cerrados, siento que nadie lo puede traspasar. Y ¡zas! balonazo en el pecho. Me he quedado sin respiración. He abierto los ojos y tenía delante a Alberto con su sonrisita de *flipao*. Ha cogido el balón y ha salido corriendo. Entonces la he visto mirándome desde el campo de fútbol. Sé que ha sido ella quien me ha lanzado el balón. Estrella la llama Mispíquel, porque expulsa vapores tóxicos. Estrella le pone mote a todo el mundo. Pues Mispíquel sigue ahí parada, sin dejar de mirarme. Yo también la miro mientras grabo. Sabe que estoy hablando de ella y eso la pone furiosa. Ya está. Ya viene hacia aquí. Voy a hacerle una foto. O un vídeo, mejor. Que se joda.

NOTA DE VOZ 59_MAMÁ

00:22
¿Sofía, has visto mi móvil? Necesito saber mi horario de esta semana y no lo encuentro por ninguna parte.

¿Me estás grabando?
¡Apaga eso ahora mismo!

¡Apágalo! ¿Me oyes?

Sofía, estoy cansada. Hoy he atendido noventa y dos urgencias. ¡Noventa y dos! Más a un montón de personas sin tarjeta. ¿Entiendes lo que es eso?
¡Y ya me pueden decir lo que quieran! No voy dejar a nadie en la calle.

Apágalo, anda.

NOTA DE VOZ 60_YO

03:12

Este audio es sólo para mí. No quiero que tú lo oigas. Porque voy a hablar de mamá. Y mamá es tu hija y la adoras. Yo también la adoro, pero a veces me harta. También a ti te harta a veces, aunque nunca lo digas. Incluso me regañabas cuando me quejaba. Tampoco quiero que te enteres de que te echa de menos, te pondrías triste. Lo sé porque nunca te nombra. Ni yo. El otro día fui a decir, ¿te acuerdas de cuando Estrella no te dejaba matar a las arañas porque se comían los mosquitos? Pero no lo hice. Aunque seguro que mamá se acordaba, porque se bajó de la silla, volvió a ponerse la zapatilla y no aplastó a la araña que había en el techo. Anoche la vi asomada a la ventana mirando con insistencia al cielo y quise explicarle que las estrellas están ahí, que el motivo de que no las vea es la contaminación lumínica, que es algo malísimo, porque altera los ritmos biológicos de las plantas, los animales y las personas y que quizás esa luminosidad que le impide ver el cielo oscuro por completo como antes hace que se sienta fatal, pero me mordí la lengua, porque lo primero me lo contaste tú, y se iba a dar cuenta, y lo segundo no sé si es verdad o me lo inventé sólo para consolarla, y no te tengo a ti para consultártelo. Siempre te lo he preguntado todo. Hasta las dudas del colegio. Me hacía gracia cuando no sabías algo y lo buscabas con el móvil. Mira que te ponías plasta. No parabas hasta que lo encontrabas. Para entonces, yo pasaba de la pregunta y estaba en TikTok. A veces, incluso me iba a mi cuarto y ni te dabas cuenta. Seguías a lo tuyo. Y es que rendirte, no te rindes jamás.

Me pregunto si dejarnos fue una rendición.

No te pega nada.

No me gusta pensar en esto.

La única vez que mamá y yo hemos hablado de ti desde que no estás fue cuando me dijo que me quedase tus libros. Ya sabes que no los he tocado, siguen en tu mesilla. Pues me dijo, seguro que Estrella quería que los tuvieras tú. Y me acordé de que es por mamá por lo que yo también te llamo así, Estrella. ¿Recuerdas tu último cumple? Mamá trajo una botella de champán para celebrarlo. Estaba contenta. Siempre que tiene vacaciones está contenta. Contó que, cuando era pequeña, le encantaba llamarte por tu nombre en lugar de mamá. Le parecía que tenías un nombre increíble, María Estrella de los Reyes Magos. Y que a veces te buscaba la cola de brillantina debajo del abrigo, y cuando te ponías un sombrero, hay montones de fotos mías con tus sombreros, de pequeñita me los prestabas para disfrazarme, pues cuando te ponías un sombrero, que era casi todos los días, porque nada te gusta más que los sombreros, mamá solía imaginar que debajo se escondían las puntas brillantes de la estrella. Nos reímos mucho las tres. Contó que incluso un año escribió a los Reyes Magos que su único deseo era ser una estrella como su mamá, y tú dijiste que era la niña más cursi del mundo. Y que una vez te preguntó por qué tú, que tenías un nombre tan chulo, le habías puesto a ella uno tan soso, Blanca. Le explicaste, esto es muy tuyo, que la luz blanca es la suma de todos los colores. Y al día siguiente mamá volvió del colegio superdisgustada, enfadadísima contigo porque le habías mentido, en clase de dibujo, al mezclar todos los colores, salía negro. Tuviste que pedirle perdón y aclararle que una cosa es la luz y otra los pigmentos. Mamá se rio muchísimo al contarlo, y dijo que lo único que le había quedado claro de todo aquello era que dos cosas pueden ser ciertas al mismo tiempo. Y que eso le había sido muy útil en su carrera como médica.

¿Por qué mamá ya no se ríe nunca?
Pero esto no quiero que lo sepas.

Tampoco es cierto que esté harta de mamá.

Lo que sí es verdad es que tus dos niñas, ¿nos sigues llamando así?, te echamos mucho de menos.

NOTA DE VOZ 61_YO

00:06
¿Sabes? Esto no te lo diré nunca. Y a mamá tampoco. Pero os oí aquella noche.

INSTAGRAM
TORTUGAS
Mensajes/Solicitudes

LUNA QUIERE ENVIARTE UN MENSAJE.

L. Hola
Flipo con tus publicaciones
Me encanta la d los sonidos
q hacen las plantas cuando
están estresadas
Está chula!

Gracias
No son sólo mías
También de Estrella

L. Tienes una amiga q
se llama Estrella? **Emoji
manos formando un corazón**

Es mi abuela
Escribe los textos
Yo me ocupo de las fotos
y los reels
**A Luna
le ha gustado un mensaje**

L. Me gustan las dos cosas
Mola mazo tener una abue-
la así

Gracias

L. Hace mucho q no subís
nada

Foto de un libro de texto sobre una mesa

Ahora no puedo hablar
Adiós Luna

L. Cómo te llamas?

Sofía

L. Adiós Sofía

NOTA DE VOZ 64_ESTRELLA

04:00

Hace un rato he entrado en tu habitación. Estoy sola en casa y no me gusta. No es que tenga miedo. Miedo no tengo. Pero no me gusta. Antes siempre estabas tú. He abierto la puerta despacito. He asomado primero la cabeza. Luego he metido la mano y he encendido la luz porque ya era de noche. Cuando menos me gusta estar sola en casa es por las noches. Pero hoy mamá tiene turno en el hospital. Luego he entrado. Todo está igual, ya te lo he dicho. Mamá no ha tocado nada. Y yo tampoco. Los libros siguen en la mesilla, en un montón. Son los únicos que te quedaste de todos los que tenías en tu casa. ¿Te acuerdas la de horas que pasaba de cría mirando los lomos? Eran todos diferentes, altos, bajos, gruesos, finos, de distintos colores y tipos de letra. Había novelas, filosofía, psicología, ciencia, historia, poesía. Siempre me animabas a que no sólo los mirase, sino que los leyera. Pero yo, lo sabes, nunca he sido muy de leer. Prefiero los vídeos, los *reels* y los podcast, o que tú me cuentes cosas o me las leas. Desde pequeña he aprendido más gracias a ti que al colegio. Me leías en voz alta, seguro que lo hacías desde que estaba en la cuna, pero no me acuerdo, y ahora no puedo preguntártelo. Enseguida dejaste los cuentos, de eso sí me acuerdo, y te pasaste a la filo, la bio y las novelas de aventuras, además de la poesía. Yo no entendía mucho, pero disfrutaba oyéndote, tu voz era como música, la entonación, el ritmo, igual que cuando escucho jazz. El jazz también me lo descubriste tú. Cuando me leías y no entendía nada, me consolabas diciéndome que daba lo mismo, que se quedaría en algún lugar de mi cerebro y estaría ahí, esperándome. No tengo ni idea de si ha sido así, pero algunos libros los leímos tantas veces que me sé párrafos enteros de memoria. Pues me he acercado a la mesilla y he mirado el montón. He contado doce. Arriba del todo estaba *El viaje del Beagle.* Luego te mando una foto de la tapa. Lo leímos muchas veces. Nos encantaba a las dos. Es la mejor historia de aventuras del mundo, aunque no sea una novela, sino un viaje de verdad. Recuerdo perfectamente las ilustraciones y cómo me gustaban las descripciones de Darwin de los paisajes y los animales que encontraba durante sus expediciones. Al ir a abrirlo, ha caído una hoja cuadriculada. Eran dos poemas, escritos con tu letra. Nunca me has dicho que escribes poesía. Los he leído y he entendido que era por cumplir nuestro pacto, porque, no voy a negártelo, me han puesto más que triste, tristísima. Tal vez no debería haberlos leído. Aunque, según mamá, querías que yo me quedara los libros. Pero igual te habías olvidado de que los poemas estaban en uno de ellos. Voy a leerte el que se titula A MI MADRE, escrito con mayúsculas. El más triste lo dejo para otro día. Yo sólo he visto a tu madre en fotos. Sé que era enfermera, en una de las fotos lleva uniforme. En otra, está contigo y no os parecéis en nada. Pero seguro que tú lo sabes mejor que yo porque la conociste. Te leo, no creo que pueda hacerlo tan bien como tú, lo siento:

Hoy he visto
Tu rostro en el mío

Como viera
Antaño
El de mi abuela
En el tuyo

Hoy he visto
En mi rostro
La eternidad

Después de leerlo por primera vez, en tu cuarto, fui al baño y me miré en el espejo. Me acerqué mucho para verme mejor. No encontré tu cara en la mía. Por si acaso, me hice mazo de *selfies* y luego estuve mirándolos durante un buen rato. Y no estabas tú. Sólo yo. Con mis asquerosos granos y ese pelo, que no es ni liso ni rizado, y tiene un color parecido al de las alas de los murciélagos. Me agarré una depresión épica y les puse un filtro. Al final, me cansé y los borré todos. Tampoco he visto a mamá en mi cara. Ni creo que pueda ver en la cara de mamá la tuya. Ella tiene los ojos verdes y tú castaños. Los suyos son más grandes y redondos y tu nariz es más gordita, la de mamá es larga y estrecha. A lo mejor las bocas. Puede ser que las bocas se parezcan. Pero la sonrisa no es la misma. No os encuentro muy parecidas. Yo tampoco me parezco a ninguna de vosotras dos. Quizá cambie cuando me haga mayor. Quizá pueda verte en mi cara cuando sea muy mayor, como tú a tu madre. ¿O veré la de mamá? Tal vez vea tu cara en la de mamá cuando mamá sea mayor. Pensarlo me pone triste. Ahora estoy tumbada en la cama y en mi mesilla está el libro de Darwin. No creo que sea capaz de leerlo sola. Ni siquiera sé si tendré ganas de mirar las ilustraciones. Igual lo dejo ahí, sin abrirlo. Igual escucho jazz. O igual no hago nada más que estar en TikTok. No puedo tocar el saxo en casa, ya sabes que los vecinos protestan, pero aunque pudiera no lo haría. No me apetece. Tampoco voy ya a clase de música. No tengo ganas. ¡Ay! Creo que he roto nuestro pacto. Perdóname. Mañana te contaré algo alegre. Para compensarte. Te quiero. Mucho, mucho, mucho.

Te prometo que no voy a estar triste. Prométemelo tú también.

NOTA DE VOZ 67_ESTRELLA

01:55

Aún no es de día y ya estoy despierta. Está todo en silencio. Todavía no se han levantado los vecinos, así que no los oigo, tampoco los ruidos de sus cuartos de baño. Mamá también duerme, supongo, no me atrevo a levantarme para comprobarlo por miedo a despertarla.

He tenido un sueño muy bonito, ¿sabes?, y quiero contártelo. Era muy pequeña y estaba contigo en un bosque y tú me enseñabas a abrazar a los árboles y a escuchar su voz. Y en mi sueño, sonaban como si estuvieran llenos de viento, me susurraban al oído y me hacían cosquillas en la oreja. Me ha dado muchísima pena despertarme y enseguida he pensado en ponerte un audio. Y al abrir los ojos para buscar el móvil, me he dado cuenta de que lo que había soñado pasó de verdad. Era bien pequeña y ya me decías cada vez que nos topábamos con un árbol, abrázalo, Sofía, pon la oreja en el tronco y escucha, te habla. ¿Lo oyes? Y yo abrazaba a los castaños del parque, a los olmos del río, a los tilos del paseo, incluso a los cipreses del cementerio cuando te acompañaba a visitar a tu madre, como decías. Merendábamos allí, sentadas sobre su tumba, en su compañía, también lo decías, y después, yo corría entre los árboles y me abrazaba, uno por uno, a todos. No recuerdo qué me contaban, pero sí cuánto me gustaba escucharlos, y sentir sus troncos ásperos, cubiertos de grietas, nudos y rugosidades. Eran como tu cuerpo. Porque según envejecías te parecías más a un árbol, llena de pliegues y arrugas, pero renaciendo todas las primaveras, con brotes cada vez más tiernos y vivos y raíces firmes, bien aferradas a la tierra. Me enseñaste también a seguir el recorrido de los rayos de sol que se filtraban entre las hojas y a cerrar los ojos y oír la brisa meciendo las ramas. A tocar la hierba, húmeda, a saltar en los charcos, a aspirar el aroma de las flores de los tilos y a escuchar el canto de las cigarras y los pájaros.

¿Sabes una cosa?, un día buscaré un árbol y me abrazaré a él. Tiene que quedar uno en alguna parte. Apretada a su corteza, seré yo también árbol y hierba, viento, agua, pájaro y flor.

Tú ya eres todo eso.

NOTA DE VOZ 23_FAMILIA

01:46
¡Venga, Estrella! ¡Te toca! ¿Qué echas de menos?

Hum… Dejadme pensar…
Echo de menos las estrellas. Antes, las noches eran negras, de un negro intenso, azulado, y el cielo estaba sembrado de puntitos brillantes que parecían palpitar en la oscuridad. De niña, lo miraba desde la cama. En silencio. Como si fuera un mapa que tuviera que desvelar. Transmitía una armonía y una paz tan sólidas que me quedaba dormida sintiendo que el mundo era inmutable. También echo de menos las libélulas. Cuando mis hermanos y yo nos bañábamos en las pozas, en verano, había muchas. Pasaba horas sentada en el agua, observándolas. Tenían las alas transparentes, dos grandes y dos más pequeñas, siempre extendidas, volaban lentamente sobre nuestras cabezas, y al volar emitían una vibración, como el runrún de un motor lejano. Las había de todos los colores. Eran preciosas. Echo mucho de menos el río, los renacuajos y los cangrejos enanos que se escondían entre las piedras. En el pueblo nos traían la leche a casa, ¿sabéis? Teníamos que hervirla tres veces. La dejábamos enfriar, encima se formaba una capa espesa y gruesa de nata amarilla, grasienta. Discutía con mis hermanos por quién se la comía. La poníamos sobre pan, con azúcar. Estaba riquísima. Mi abuela, para que no nos peleáramos, nos obligaba a hacer turnos. Cada día uno, decía. Era una delicia. Aún puedo sentir su sabor. Y la fruta. Echo de menos la fruta. Las ciruelas claudias, las cerezas y

el olor de los melocotones maduros. Ahora casi no hay fruta. Y la que hay, no sabe a nada. También echo de menos la primavera. Las hojitas recién nacidas de un verde brillante y delicado. Ver cómo crecen día a día. Y el otoño, cuando las hojas, ya ancianas, se volvían rojas, naranjas y amarillas, de un brillo intenso, el último antes de caer. Y el olor a tierra mojada tras una tormenta en verano y el dulzón de las higueras. Y empañar los cristales echándoles el aliento en invierno para escribir luego en ellos. Pero sobre todo la lluvia. Lo que más echo de menos es la lluvia.

Yo también.

¡Y yo!

NOTA DE VOZ 70_YO

02:52

Hoy mamá ni siquiera ha encendido la tele al llegar a casa. Se ha sentado en el sofá, ha dejado la mochila en el suelo y me ha mirado sin decir palabra. Bueno, en realidad era como si mirase a través de mí. Hasta el punto de que casi me vuelvo a ver si tenía a alguien detrás. Le he preguntado varias veces qué le pasaba, pero no ha contestado. Sólo me miraba de esa manera tan rara. Al final me he asustado y le he gritado. Entonces se ha echado a llorar. Me ha recordado a cuando lloraba yo, de pequeña, ahora no lloro nunca, bajito, con grandes lagrimones, suspirando de cuando en cuando, como con hipo. En medio del llanto ha balbuceado varias veces, la he matado. No sé por qué, pero al oírla el corazón ha empezado a latirme muy fuerte, y rápido, y no podía respirar. He debido ponerme pálida porque mamá por fin me ha mirado y se ha asustado también. Ha vuelto a ser mamá y sobre todo médica. Se ha puesto en pie de un salto, me ha tomado el pulso y me ha pedido que respirara con la tripa, contando, y todas esas cosas que hace ella. Me ha traído un vaso de agua y me ha hecho bebérmelo a sorbitos. Cuando me ha vuelto el color y el pulso era otra vez regular, como suele decir, ha encendido la tele y me ha preguntado qué quería de cena. Yo no podía tragar nada. Ella tampoco. Y nos hemos quedado las dos así. Quietas. Mirando sin ver la pantalla. Entonces mamá ha empezado a hablar lentamente, con los ojos fijos en la tele, como si le costara un esfuerzo enorme. Me ha contado que ha cometido un error. Se ha equivocado en un diagnóstico. Que todavía no sabe si la paciente sobrevivirá. Y que daría cualquier cosa porque así fuera. Que no puede más. No puede ver a tanta gente en tan poco tiempo. Es una locura. Y ha seguido y seguido, que todo el mundo va a urgencias y ella intenta atenderles bien, pero a veces se desespera porque hay personas que van para nada, y se olvida de que no es culpa suya, sino de que les hayan cerrado sus centros de salud. Sin embargo, esto no justifica que hoy se haya equivocado. ¿Y si se muere? No quiere ni pensarlo. ¿Cómo va a cargar con eso el resto de su vida? Otra vez se ha puesto a llorar. He echado de menos a Estrella. Ella sabe qué hacer con mamá en estos casos. Cuando Estrella le hablaba, mamá se calmaba enseguida. Yo he intentado abrazarla, pero a mamá no le gusta que la abracen. Se pone rígida. Estrella dice que es arisca, aunque debajo del caparazón hay un corazón tierno y amable. Hay que saber encontrarlo. Ella da con él siempre. Yo, en cambio, he chocado con el caparazón. Mamá ha dicho que necesitaba estar sola. Y, por primera vez en meses, se ha metido en su cuarto. Yo me he quedado dormida en el sofá hasta que ella me ha despertado y me ha acompañado a la cama. Cuando se iba, se ha dado la vuelta y me ha besado. La he pillado por sorpresa, me he apretado fuerte contra ella y también me ha abrazado, un poco tensa, pero me ha abrazado. He esperado un rato, muy quieta en la cama, luego me he metido en la cueva y me he puesto a grabar esto.

No sé si podré dormirme. No tengo sueño.
Lo de mamá de hoy tampoco se lo voy a contar a Estrella.

NOTA DE VOZ 14_FAMILIA

01:46
Mi abuela tenía un burrito gris. Tranquilo y amigable, y muy inteligente, como suelen ser los burros. Tu madre lo adoraba. Solía guardar las sobras de pan, después de comer, para dárselas. La puerta del establo estaba abierta por el día y el burro entraba y salía a su antojo. Era una puerta bastante baja, tenía justo la altura para que pasara el animal. Ahora verás por qué lo digo. Y no es porque las viejas tengamos tendencia a enrollarnos.
Tú no eres vieja, Estrella.
¡Oh, claro que lo soy! Una vieja muy lista, pero una vieja al fin. Bueno, lo que te estaba contando. Tu madre solía montarse en el burrito, que ya te he dicho que era muy manso, y dar paseos por el prado, alrededor del establo. Mi abuela, mi madre y yo nos sentábamos a la sombra, delante de la casa, y la observábamos. Estábamos siempre pendientes. Pues un día no se qué le dio al animal, quizá le entró hambre, o sed, o le picó algún insecto, la cuestión es que salió al trote, directo hacia el establo. Tu madre tiraba de las riendas y le gritaba: ¡So, burro, soo!, pero ni caso. Trotaba y trotaba hacia el establo. Y los dos, tu madre y el burro, no cabían por la puerta. Mi madre y yo, en cuanto nos dimos cuenta, salimos corriendo. Fue ella la que más corrió, y eso que era ya bastante mayor. Logró agarrar las riendas y detener al burro justo a tiempo, en la mismísima puerta. Yo cogí a tu madre prácticamente al vuelo. En cuanto se encontró entre mis brazos, se echó a llorar a gritos. Eras tan pequeña que no creo que te acuerdes, Blanca. ¿Blanca?

¡Se ha dormido!
No… Estoy despierta… Ha sido una cabezadita. Sólo un momento.
Blanca, hija, no puedes seguir así. Vas a acabar enferma. Pide una baja. Ve a la psicóloga.
Déjame, Estrella. No quiero hablar de eso. Es lo que hay. No sabes cómo estamos. No voy a abandonar a la gente.
¡No es tu responsabilidad! El mundo pesa demasiado para que cargues con él sobre tus espaldas. Ni depende de ti ni tienes capacidad.
Llego hasta donde llego. Pero si falto, el resto no podrá con todo. Habrá quien quede sin atender. Y la gente importa, hasta la última persona, para eso estudié medicina. Sí, me acuerdo del burro. ¿No estuvo una vez a punto de estamparme contra la puerta del establo?

INSTAGRAM
TORTUGAS
Mensajes

L. Holi!

Hola!

L. **Foto de un paquete abierto de ganchitos**

Quieres?

Emoji de unas manos formando un corazón

L. **Selfie de Luna**

Esta soy yo!

A Tortugas le ha gustado un mensaje

Selfie de Sofía

Esta soy yo pero sin los granos jeje

A Luna le ha gustado un mensaje

L. Q ves desde tu ventana?

Foto del supercomputador

Esta mierda

Tú?

L. **Foto de un prado verde, al fondo un bosque y detrás el mar**

Mi casa

Foto de una casa de campo de piedra, con la fachada cubierta de hiedra, ventanas de madera de colores, una entrada custodiada por árboles frondosos llenos de ardillas y pájaros, un huerto

Qué fuerte!

L. jajajaja noo!
Pero mola
Es con un generador
d imágenes
Estoy probándolo
A Tortugas
le ha gustado tu mensaje

L. **Foto de un campo de golf donde han hecho varios surcos y han sembrado vegetales**

L. Mira

Jajajaja

L. Es real

En serio?

Audio
¡No puede ser! Desde que se colaron en uno para ducharse con los aspersores, ¿te acuerdas?, hay muchísima seguridad…

L. **Audio:**
Bueno, no hay muro
que no se pueda saltar
ni campo de golf
que no se pueda asaltar.
Ja, ja, ja

L. No es *fake*
Sticker: te lo juro. Aparece y desaparece.
A Tortugas
le ha gustado un mensaje

Me encanta!

NOTA DE VOZ 74_ESTRELLA

03:55

Estoy sentada delante de la ventana, como sueles hacer tú por las tardes. Al otro lado de la calle, justo enfrente, está el edificio del superordenador cuántico. No hay que esforzarse para verlo, brilla bajo el sol, gris y enorme, imposible mirarlo sin que te deslumbre. Te grabo un vídeo, que cuando te fuiste aún no lo habían acabado, aunque ya imaginábamos cómo iba a ser. En la puerta hay un segurata, ahí, con su uniforme, sin moverse, aguantando el solazo, no me extrañaría que le diera un golpe de calor. Cada vez le pasa a más gente. El último ha sido un jardinero, lo vi anoche, y la verdad es que no lo entiendo porque no quedan jardines. Ya te oigo decir, sería privado, de esos seguro que hay. Como las piscinas, las municipales las cerraron hace mucho, pero las de los ricos siguen llenas, sólo que no las vemos, las esconden detrás de tapias altísimas desde las que te vigilan con cámaras. También esconden los campos de golf. Y los riegan. No sé de dónde sacan el agua, pero los riegan. Están superverdes. La gente se coló en uno cuando estaban puestos los aspersores, vi los vídeos, tú ya te habías ido y no pude enseñártelos, se metieron debajo, con ropa y todo. La policía los desalojó, hirió a varias personas y detuvo a otras, les acusaron de terrorismo. Te habrías enfadado muchísimo. También han entrado a plantar verduras y protestar así por toda el agua que gastan. Me lo ha contado Luna. ¿Te acuerdas?, era nuestra única *follower.* Bueno, casi. Pues hemos hablado alguna vez por Insta y es muy maja.
Hoy hace un calor espantoso, sofocante, no corre ni una

gota de aire, y tan denso que puedo masticarlo, es como si tuviera la boca llena de harina. Y ya están aquí los mosquitos. Los hay de todas las especies, por todas partes. Son un ejército de nubes negras que avanza amenazador por el cielo. Señal de los meses que nos esperan. También han vuelto las chinches apestosas. ¿Te acuerdas de lo mal que huelen si las molestas? Me observan desde el alfeizar de la ventana preparadas para meterse dentro en cuanto la abra.

Sentada frente al superordenador no hago más que pensar en ti y en cuánto lo odias. No al ordenador, sino al monstruo de acero y cemento que lo guarda y que sustituye, lo decías tú, a la fresca sombra de los árboles y a nuestra campa salpicada de margaritas. Ese insólito pedacito de verde, esta frase también es tuya, te la oí muchas veces, entre edificios. Me acuerdo del día que te viniste a vivir con nosotras. Traías muy pocas cosas. Desmontamos tu casa entre las tres y nos deshicimos de casi todo, incluidos los libros. Te pusiste terquísima con que necesitabas muy poco. Trajimos tu cama, tu escritorio y la mesilla, que era de tu madre y antes fue de tu abuela, a la que no he visto nunca ni en fotos, pero me has hablado tanto de ella que es como si la conociera. Me la imagino delgada y bajita, siempre vestida de negro, y con un moño en la nuca. No sé cómo se llaman esos moños, seguro que tú sí, y si no lo buscarías con el móvil. Cuando llegaste para quedarte era verano. Hacía mucho calor, aunque ni parecido a ahora, y eso que estamos sólo a primeros de abril. Te habías puesto un sombrero de paja y una camiseta muy vieja, llena de agujeros, con una silueta de Miles Davis tocando la trompeta, el nombre casi no se leía de lo desgastada que estaba, pero yo lo conozco de sobra. Mamá dijo, ¡por dios, Estrella! ¿No puedes tirar esa camiseta de una vez? Tú te negaste en redondo, era como tu segunda piel, llevaba contigo media vida.

Traías sólo una maleta con ropa, una caja de libros pequeña, y otra con unos cuantos objetos que significaban mucho para ti, poder mirarlos todas las mañanas era una satisfacción a la que no estabas dispuesta a renunciar, nos dijiste. Lo dejamos todo en tu cuarto y mamá te hizo un café. Mientras te lo tomabas, levantaste los ojos a la ventana, miraste el pedacito de verde y los árboles, no eran muchos, cuatro o cinco, y sonreíste. Desde entonces, solías bajar por las mañanas con tu silla plegable, el sombrero de paja y un libro. Plantabas la silla debajo de un castaño, conozco los nombres de todos los árboles, tú me los enseñaste, y te dejabas ensordecer por las cotorras. Aquí siguen, aunque ya no queden árboles y hayan probado a matarlas de todas las maneras posibles, incluso a tiros. No sé dónde ponen ahora sus nidos. A veces me los imagino sobre el superordenador y a ellas volando a su alrededor entre gritos de júbilo. Te quiero, Estrella.

NOTA DE VOZ 75_ESTRELLA

00:08
Ese moño de tu abuela se llama rodete. Lo he buscado. Primero hay que hacerse una trenza y luego enrollarla en la nuca y sujetarla con horquillas.

NOTA DE VOZ 76_ESTRELLA

00:08
¿Sabes que cada cotorra tiene un tono de voz único? Algo parecido a lo que nos ocurre a los humanos, que nos reconocemos sin vernos, sólo por la voz.

NOTA DE VOZ 27_CORTAN LOS ÁRBOLES

00:19
¡Estrella, corre! ¡Ven! ¡Mira! ¡Están cortando los árboles! ¡Los están cortando todos!

¡No es posible! ¡Sinvergüenzas! ¡Son unos sinvergüenzas!
¡No bajes! ¡Ni se te ocurra!
¡Pues claro que voy a bajar! ¡No pienso permitir semejante barbaridad!
¡Voy contigo!
¡No, no! Quédate aquí. Y si cualquier cosa, avisa a tu madre.
¿Cualquier cosa? ¿¡Qué es cualquier cosa!?

NOTA DE VOZ 77_ESTRELLA

01:30
Te detuvieron por abrazarte a un árbol cuando iban a derribarlo. Estaban a punto de llevárselo por delante y tú saliste del portal, cruzaste la calle corriendo, sin mirar, como hacías siempre a pesar de las regañinas de mamá, te pitaron varios coches, y de un salto, nunca he entendido cómo puedes ser tan ágil a tu edad, te plantaste delante del árbol. Lo vi todo desde la ventana. Te abrazaste a él y apoyaste la mejilla en su tronco. Me gustaría saber qué te dijo. Se me olvidó preguntártelo. Pero seguro que estaba tan indignado como nosotras. Yo bajé corriendo las escaleras con el móvil en la mano y llegué a tiempo de oír cómo los hombres de la motosierra te gritaban, ¡señora, por favor, apártese! Tú les explicaste, son nuestro pulmón, bajan la temperatura y tardan años en crecer. Ellos repetían cada vez más alto, ¡señora, por favor, apártese! ¡Es nuestro trabajo! Yo quería ir contigo y abrazarme también al árbol, rodearlo con mis manos hasta encontrar las tuyas, pero me miraste de tal modo que me quedé quieta, clavada a la acera. Se había acumulado cantidad de gente, había quienes te daban la razón, yo les oía y me sentía muy orgullosa, otros se burlaban de ti y te llamaban vieja loca. A ésos me habría gustado darles un puñetazo. Entonces llegó la policía y nos echó de allí. Mientras llamaba a mamá desde la acera de enfrente, vi cómo te separaban a la fuerza del árbol entre dos agentes y te metían en un coche.
Mamá y yo fuimos a buscarte a comisaría.

Te pasaste días sentada delante de la ventana mirando aquel montón de tierra removida en que se había convertido nuestra campa.

NOTA DE VOZ 81_INSTITUTO

00:23
Voy a casa andando, me han rajado las ruedas de la bici. Sé que han sido Mispíquel y su grupito de mierda, hacen todo lo que ella les manda. Camino rápido mientras grabo, cada vez más rápido, porque los llevo detrás. Van siguiéndome, Mispíquel, Alberto y otros dos chicos y una chica de mi curso. Me siguen entre risitas. Si acelero el paso, ellos aceleran más. Y me cuesta grabar, porque es difícil correr y hablar.

NOTA DE VOZ 82_INSTITUTO

00:30
Me he dado la vuelta y les he hecho un vídeo. Se han puesto a gritar y a amenazarme con que me iban a romper la cara. Pero no se acercaban. Les he dicho que vale, que vinieran y me la rompieran, que pensaba grabarlo todo. Y luego he salido corriendo. Cuando he mirado, no quedaba ni rastro de ellos.

Ahora estoy sentada en el paseo, junto al río, está seco, lleno de basura y huele fatal. Hay una pintada, roja, con letras muy grandes, de molde, en uno de los muros, AQUÍ CORRÍA AGUA, y una flecha señalando el cauce.
Ya he recuperado el aliento.

NOTA DE VOZ 49_FAMILIA

00:29
Estrella, ¿duermes? Se te ha caído el libro.
¡Ay, gracias! No, pensaba.
¿En qué?
En la gente que ha nacido cuando el río ya estaba seco. Nunca lo han visto con agua. ¿Te imaginas? Tampoco han oído croar a las ranas. También en el futuro. Y en ti. En que la tierra va camino de ser inhabitable. Y en que quizá habría que dejar de buscar respuesta a viejas preguntas y hacerse otras nuevas.
¿Cómo qué?
Pues no lo sé. Cambiar de perspectiva. Es lo que hace la ciencia, y el arte, ¿no?
¿En plan este camino me lleva a un callejón sin salida, así que a ver si doy con otro?
Algo por el estilo. Ay, hoy estoy cansada de leer.
Normal, siempre lees el mismo libro.
Ya he leído bastantes en mi vida. Ahora disfruto releyendo. Me apetece oír música. ¿A ti?
Vale. Mira, he hecho un descubrimiento. Me apuesto lo que quieras a que te va a encantar. Escucha.

Suena Fly Away With Me *de Pamela Williams.*

NOTA DE VOZ 83_MAMÁ

00:08
Mamá no está en casa. Me ha dejado una nota. Una compañera le ha pedido que le cubra unas horas. Dice que hay una pizza en el congelador y que me la coma si tengo mucha hambre.

NOTA DE VOZ 84_ALBERTO

01:23
Estoy grabando mientras se hace la pizza.
No hago más que pensar en Mispíquel y los demás. Antes del confinamiento no es que fuéramos amigos, estábamos en la misma clase y nos llevábamos, sin más. Mispíquel nunca me cayó bien, eso es real, pero era la popu, y yo era pequeña y hacía lo que el resto. Estrella la caló desde el principio. Entonces iba a su casa después del colegio, para no estar sola mientras mamá trabajaba. Una vez llevé conmigo a Mispíquel. En cuanto se fue, Estrella ya la llamó Mispíquel y me dijo que me anduviera con ojo, que esa niña expulsaba vapores tóxicos. Y no se equivocó. Estrella no suele equivocarse. A veces me da hasta miedo lo rápido que pilla a la gente. Alberto sí era mi amigo. Más que eso. Estábamos siempre juntos. A los dos nos gustaba el jazz, a mí el saxo y a él el piano, y la clase de Naturaleza, queríamos formar un grupo y montar un refugio para animales cuando fuéramos mayores. También hacíamos experimentos, y Estrella, que era profe de Bioquímica en la uni, nos ayudaba. Ahora que lo

pienso, creo que fue por eso por lo que Mispíquel se empeñó en ir conmigo a su casa. Quería saber dónde nos metíamos Alberto y yo después del cole. Soy puto boba. Tenía que haberme dado cuenta.
Fue durante el confinamiento cuando todo se estropeó, o mejor, Mispíquel lo estropeó. De pronto empezó a reírse de mí en el grupo, y a repetirme, y el resto le seguía. Salvo Alberto, que ni la apoyaba ni me defendía. Era como si no estuviera.
¡Ay, se me quema la pizza!

NOTA DE VOZ 85_ALBERTO

01:47
Ya está. La he sacado. Sigo mientras se enfría un poco. Es de cuatro quesos. Mi favorita.
Pues cuando el confinamiento me pasaba el día mirando el grupo. Y encima sin poder salir de casa. Me agobié mazo. Le escribía por privado a Alberto, para eso era mi mejo, y él insistía en que no pasaba nada, que sólo eran bromas, la gente se aburría y hacía bromas. Hasta que empezó a dejarme en visto, o no abría mis mensajes. No contestaba más que cuando me ponía muy pesada. En el grupo ya no se metían conmigo. En realidad, nadie hablaba. Si yo preguntaba algo, pasaban. Enseguida me di cuenta de que tenían otro grupo y dejé de escribir. También a Alberto, total, no me hacía ni caso. Cuando nos desconfinaron y volvimos a clase, nadie, ni siquiera Alberto, me hablaba. Era como si no existiera. Alberto no parecía el mismo. Se reía de las bromas machistas de los malotes, e incluso las hacía él. Una vez persiguieron a Silvia, en el recreo, para levantarle la falda. Acabó llorando. Sólo hablaban de tetas, de juegos online

y de lo que había dicho este o aquel *influencer*. Llamaban, también Alberto, *panchito* a Daniel, y le decían que se fuera a su país, cuando no podía irse a ninguna parte porque había nacido aquí y éste es su país. Se pasaron tanto con él que le tuvieron que sacar del colegio a mitad de curso. Después la tomaron conmigo y no han parado. Decían, todavía lo dicen, que a Estrella y a mamá les pagan *ellos*, nunca he sabido quiénes son, por inventarse la COVID y meternos no sé qué con las vacunas. Ya ni los escucho. Me da igual. Pero antes tenía que irme al baño a llorar. Supongo que al pobre Daniel le pasaba lo mismo. A veces imagino que los dos lloramos a la vez. Sentados encima del váter y con el pestillo de la puerta echado. Sólo que cada uno en su baño. Él en el de chicos y yo en el de chicas. Ahora irá al instituto, como yo, no sé en cuál estará. Espero que allí la gente sea maja.
¡Sofía! ¡Ya estoy en casa!

¡Sofía! ¿Qué hace esta pizza en la encimera? ¡Se te está quedando helada!

NOTA DE VOZ 36_INSTITUTO

00:23
Hoy, cuando he entrado en clase, alguien había puesto en la pizarra MUERTE A LOS MARICONES y una esvástica. Lo he borrado. Entonces Mispíquel ha dicho que a ver si es que era bollera y todos han coreado entre risas a Sofía le van las tías. Alberto no ha dicho nada, pero le ha pasado el brazo por el hombro a Mispíquel.
No se lo voy a contar a mamá. Ni a Estrella. No quiero que se chiven a la tutora. ¿Para qué? Como mucho, nos daría una charla de esas que no sirven para nada.

NOTA DE VOZ 37_INSTITUTO

00:16
Otra vez han llenado la pizarra de insultos, MARICONES CHUPAPOLLAS VOSOTROS SÍ QUE SOIS UN VIRUS, DESVIADOS MEJOR QUEMADOS, y más esvásticas. Estoy harta de borrar lo mismo veinticuatrosiete. Ya ni me miran cuando lo hago. Siguen a su rollo. Tipo me da igual. Así que paso.

INSTAGRAM
TORTUGAS
Mensajes

L. Hola!

Emoji de mano saludando

L. **Foto de un chacal dorado**
Es un chacal dorado
Llegan desde Europa

Adoro!

L. Los están matando

Qué fuerte!

L. Los cazadores
Para ellos son trofeos
Hay muy pocos

La gente que caza da asco!
Cómo les puede gustar matar animales!

L. REAL
Q haces?

Foto de un vaso de Cola Cao y un paquete de cereales sobre la encimera de una cocina
Tú?

L. **Foto de un montón de libros y cuadernos sobre una mesa**
Tiktok jajaja
A Tortugas le ha gustado un mensaje

Estás sola?

Sí
Tú?

L. **Pantallazo del chat de ambas en Instagram**
A Tortugas
le ha gustado un mensaje

Mi madre está trabajando

L. La mía también
En el súper
La tuya?

Es médica

L. **Audio:**
Aquí tenía que estar mi hermano
pero no coge el móvil.
No me importa estar sola.
¡Mejor que pelearnos!
Es un puto pesado.

Audio:
Aquí antes siempre estaba
Estrella.

L. Ya no?

No

L. Por eso no publicáis?

Sí
Foto de mano sujetando un vaso de Cola Cao vacío
Me toca fregar
Chao!

L. Sticker: primerísimo primer plano de la cara de un gato y, encima, dos corazoncitos

NOTA DE VOZ 87_ESTRELLA

01:42

Estoy en nuestra cueva, más bien una tienda de campaña, porque sólo me he echado por encima la sábana, cada vez hace más calor y me ahogo con la manta, intento pensar en el aquí y el ahora como me decías durante el confinamiento y me parece tan imposible como entonces. Me da que entonces tú tampoco podías, aunque aseguraras que sí. El confinamiento fue la última vez que estuvimos las dos juntas en tu casa de antes, repleta de libros y cachivaches, como decías, mamá tenía que trabajar y me fui a vivir contigo, ¿te acuerdas? ¡Mira que soy boba! ¡Cómo no vas a acordarte!

Tú siempre habías meditado, o algo parecido, al menos desde que yo recuerdo. Era un tema por el que a menudo discutías con mamá. Me divertía oíros. Una vez hasta os grabé. La meditación, o lo que fuera, la hacías a tu manera. Nada de sentarte en el suelo, con las piernas cruzadas y los ojos cerrados y estar así un buen rato, hay mazo de vídeos de ésos, no, cinco minutos, a cualquier hora del día, y la postura dependía del sitio donde te encontrases, sentada en la campa o en el sillón delante de la ventana, a veces hasta pensaba que te habías dormido, o al teléfono poniendo una reclamación, hacías muchas, para no cabrearte con las grabaciones, marque 1, marque 2, espere tres minutos, ahora no podemos atenderle... Me las sé de memoria, porque solías dejar el móvil sobre la mesa, con el altavoz. Incluso una vez cerraste los ojos y te concentraste en tu respiración mientras discutías con la encargada del súper que no te dejaba devolver una cosa. Se quedó tan flipada que te la cambió en el acto. ¡Pues no nos reímos luego las tres! ¡Ay! ¡La lavadora está venga a pitar! Te dejo un momento. Tengo que apagarla y tender la ropa. Te prometo que vuelvo enseguida.

NOTA DE VOZ 18_FAMILIA

01:11

¡Mira que eres pesada, Estrella, te lo he dicho mil veces, a mí quedarme quieta, con los ojos cerrados, concentrada en la respiración, me pone más nerviosa.

¡Si nunca has probado! No le has dado la más mínima oportunidad.

¡Yo lo que no entiendo es que una señora bióloga, profesora en la universidad, especializada en biología molecular, pueda creerse esas tonterías!

Ya me estás haciendo trampas, Blanca. ¿Te piensas que no me doy cuenta? No es cuestión de creencias, lo sabes. Yo creer, no me creo nada. De hecho, la ciencia no se basa en creencias, sino en evidencias. Y es verdad que los efectos de la meditación no son palpables ni medibles.

Entonces animar a practicarla es engañar a la gente. ¿Ves? Estás intentando engañarme.

Depende, si haces pasar por ciencia lo que no lo es, sí. Pero yo sólo digo que me hace sentir mejor y quiero que lo pruebes.

Pero tú misma has dicho que no es científico.

Que no está demostrado que lo sea. Que es distinto. ¿Y qué? Científico o no, a mí me vale. ¡No seas intransigente!

¡Mira quién fue a hablar! ¡Digna hija de mi madre es lo que soy!

¡Buah! ¡Sois las dos igual de pesadas!

Sofía, ¿estás grabado otra vez? ¡Apaga eso!

¡Déjala! Así quedará para la posteridad.

Hasta que pierda el móvil y a saber en qué manos cae. ¡Pues se van a aburrir escuchándonos! Anda, cariño, apágalo.

NOTA DE VOZ 88_ESTRELLA

02:46
Ya he tendido la ropa. He tenido cuidado, como me dices siempre, aunque no sé por qué te da tanto miedo que tienda en la cuerda de fuera.
Estábamos hablando del aquí y el ahora. Desde pequeña insistías en esa idea, a tu manera, claro. Me decías que el pasado no tiene remedio, ¿para qué darle vueltas? Y del futuro, que nadie sabe lo que nos espera, ¿para qué preocuparnos entonces? Cuando me agobiaba con algo, que era muy a menudo, me pedías que cerrase los ojos y cada vez que tuviera un pensamiento molesto lo observase como a un pájaro dormido y, de pronto, se echaría a volar y desaparecería sin dejar rastro. Pero los pensamientos no son pájaros dormidos a los que podamos observar, están bien despiertos, revolotean incansables y son un estorbo. Mamá es más de decirme que respire con el abdomen, que me ponga la mano y coja aire despacito viendo cómo se hincha, deje el aire ahí dentro un rato, lo que tardo en contar hasta siete, y luego lo eche muy, muy lento, contando hasta ocho, y así varias veces, hasta que me sienta mejor, en plan médica. Durante el confinamiento había momentos en que me encontraba de puto asco. Todo a mi alrededor me parecía triste y negro y hasta me dolía el pecho. Tenía miedo de que le pasase algo a mamá. Solía llamarnos cuando estaba en casa, que era muy poco. Conmigo iba de tranqui, pero si hablaba contigo oía cómo te repetía, es espantoso, Estrella, es espantoso, no puedes ni imaginártelo. Cuando acabó todo, le pediste que hiciera terapia, pensabas que

no era bueno que se guardara dentro lo que había vivido. Mamá decía que no tenía tiempo, cada vez había más trabajo, que en lugar de para mejorar la sanidad habían aprovechado para recortarla, y que tenía que meter más horas y atender a más pacientes, lo mismo que dice ahora. Aunque ahora es todavía peor, a veces hay semanas que no libra, y ni siquiera le dan una baja cuando está enferma. Mientras estuvimos confinadas, tú solías salir a comprar y te pasabas las tardes cocinando, le dejabas a mamá tápers en la puerta de nuestra casa. Cuando me quedaba sola era cuando más miedo tenía. No me decías nada, pero sé que te dabas cuenta, y por eso nos refugiábamos en nuestra cueva todas las mañanas. Hablábamos bajo las sábanas de cómo se formó el universo, de los primeros reptiles y de que mucho antes de que hubiera dinosaurios ya había libélulas. También del aquí y el ahora. Yo te decía que mejor no pensar en el aquí y el ahora porque era un horror, había un virus matando gente, mamá estaba luchando contra él y nosotras recluidas en casa, y no quería contarte que, además, Mispíquel, Alberto y el resto me habían dejado de lado y que eso era casi lo que más me dolía. Ésta es la primera vez que te lo cuento, pero sé que lo sabías aunque no dijeras nada. Cuando yo me empeñaba en que el aquí y el ahora era esas cosas y alguna más que no mencionaba, tú te reías. Eso no es el aquí y el ahora, me decías, el aquí y el ahora somos tú y yo, abrazadas, en nuestra cueva, contándonos cosas. No hay nada más en este instante.
Me cuidaste mucho entonces, Estrella.

Después, tuve que cuidarte yo.
Me hice mayor de repente.

Te quiero.

NOTA DE VOZ 90_ESTRELLA

00:26

He vuelto a entrar en tu habitación y he cogido los dos tomos de *Moby Dick* de la mesilla. He mirado, pero dentro no hay ningún poema. Sólo algunas hojas secas. Es lo normal, siempre hay hojas y flores secas dentro de tus libros.

Rara y vieja ballena, entre galernas,
siempre estará en su casa en el océano,
gigantesca en poder, reinando fuerte
como rey de los mares sin fronteras.

Es lo primero que me viene a la cabeza. No sé de qué parte es.

He colocado a Melville debajo de Darwin.

GRABACIÓN 1

PATOS

Móvil de Estrella

delante los patos se deslizan suavemente con las alas extendidas
casi quietas la bandada de patos salvajes marrones verdes
grises azules recorre el cielo en círculos gira avanza vuelve a girar
yo se queda atrás sube recta atraviesa el cielo azul
siempre hacia arriba es una flecha hay nubes algodonosas
blancas por todas partes y un agujero blando de espuma entre
las nubes blancas dentro está oscuro asciende rápido muy arriba
muy rápido rodeada de espesos muros de nubes negras
infranqueables la oscuridad se densifica se estrecha cada vez
más negra *yo* está ahí justo encima debajo el agujero blando
las nubes algodonosas más abajo la bandada de patos salvajes
y *yo* va detrás sin darles alcance y más abajo todavía el mundo
casas calles árboles *yo* está sentada en el sillón delante de la
ventana una diminuta *yo* se posa en su regazo estalla
multiplicándose miles de diminutas *yo* suben en fila como hormigas
por los zapatos y las piernas recorren los dedos las manos los
brazos descansan sobre los ojos y se balancean en las orejas
yo está sentada en el sillón delante de la ventana atraviesa
volando el cielo tras los patos salvajes entra por un agujero blando
de espuma y asciende entre nubes negras
yo está arriba muy lejos ahí justo encima es confortante

NOTA DE VOZ 93_ESTRELLA

03:15
Estaba estudiando mates y me he acordado de cuando estuviste enferma. Aunque las mates se me dan bien, no me gustan mucho, en realidad me hartan, lo sabes, y suelo pensar, sin querer, en otras cosas. Pero esta vez ha sido distinto. No podía sacarme de la cabeza los días que pasaste metida en la cama, con cara de estar fatal, aunque asegurándonos que estabas bien, y te he echado muchísimo de menos y me han entrado un montonazo de ganas de hablar contigo. No sé exactamente cuándo te contagiaste, pero fue después del confinamiento, como mamá o como yo, como casi todo el mundo, aunque no a la vez que nosotras. Nosotras lo pasamos antes. Me acuerdo de que mientras mamá te ponía el termómetro o te tomaba el oxígeno, no hacías más que repetir, con un hilo de voz, para hacerla rabiar, que los virus no son ni buenos ni malos, sólo buscan replicarse para asegurarse la supervivencia. Mamá refunfuñaba, que eso ya lo sabíamos, pero que nos jodían la vida, sobre todo éste, no había más que ver cómo estabas. Yo os escuchaba desde la puerta, con la mascarilla puesta, mamá no me dejaba acercarme a ti por si volvía a cogerlo. Luego lo he tenido, que sepamos, lo añade siempre mamá, por lo menos dos veces, la última cuando ya te habías ido.
Mientras estuviste enferma, estaba tan asustada que por la noche me despertaba a cada rato e iba a tu cuarto y pegaba la oreja a la puerta para ver si respirabas. A veces, antes de levantarme, sentía a mamá en el pasillo, entonces me daba la vuelta en la cama y volvía a dormirme tranquila.

Oíros discutir también me tranquilizaba. Era señal de que no estabas tan mal. Siempre me han gustado vuestras discusiones. Nunca van en serio. Es tipo juego, tú ves las cosas desde la perspectiva de una bióloga y mamá desde la de una médica, además de urgencias. Tú te preocupas por todos los seres vivos y mamá sobre todo por las personas. Eso la desgasta muchísimo, se lo dices siempre, que tiene que poner límites. Yo la entiendo, y también te entiendo a ti, es tu hija y la proteges, pero ella no puede evitar ser como es, si la necesitan, ahí está, sin pensárselo. Por eso eligió urgencias, se lo he oído muchas veces, y no otra especialidad. Hay cantidad de cosas, en cambio, de las que pensáis lo mismo. Nunca me olvidaré de cómo os enfadabais las dos con los antivacunas, mamá todavía se enfada. Y a ambas os mola despotricar de las farmacéuticas. Es uno de vuestros temas favoritos. Tú te quejas de lo poco que se invierte en algunas investigaciones y que las farmacéuticas deberían ser públicas. Mamá te da la razón. Las dos estáis de acuerdo, yo también, en que la salud no se puede dejar en manos privadas que sólo quieren ganar dinero. La ciencia está para buscar el bienestar de las personas, me lo enseñasteis desde pequeña, tú sueles añadir, y del resto de seres vivos, y proteger la tierra y el universo.

Aún no sé lo que haré cuando vaya a la universidad. Siempre has insistido en que no tengo prisa en decidirlo, queda mucho tiempo, y la vida da muchas vueltas, y más a mi edad, cuando continuamente, dices, te están pasando cosas nuevas. Igual ocurría así cuando tú eras joven, a mí todos los días me parecen el mismo, y más desde que no estás, y si pienso en el futuro, sólo veo un gran agujero negro que se lo traga todo, por eso procuro no pensar nunca en él. Lo que sí sé es que no voy a estudiar medicina. Sólo con ver la vida que lleva mamá se me quitan las ganas. Tampoco bio. Quizá química. Tú decías que la química es la poesía del universo.

NOTA DE VOZ 94_ESTRELLA

00:09
Una vez me contaste que cuando era una bebé me dormías recitándome la tabla periódica. ¿Es verdad? A lo mejor por eso me gusta la química.

NOTA DE VOZ 95_ESTRELLA

00:34
Quizá era sólo una broma. Te encanta vacilarme. De lo que sí me acuerdo es de que me cantabas aquello de los elefantes sobre la tela de la araña, era una verdadera pesadez, y de la canción de lobo, ¿estás ahí?, ésa me gustaba, aunque no es como para dormirse. A veces me ponías jazz, bajito. Mamá tenía la manía de Chopin. Dice que no hay nada más relajante. A mí relajarme, de verdad, sólo me relaja el sonido del saxo. Luego, para dormirme, escucharé a Pamela Williams. ¿Te acuerdas de lo orgullosa que estaba cuando te la descubrí?
Buenas noches, Estrella. ¡Ojalá donde estés suene una *big band*!

NOTA DE VOZ 96_YO

03:56

Esto no quiero que lo oiga Estrella. Es sólo para mí. No es que ella no lo sepa. Lo sabe mejor que nadie. Estrella es la persona más lúcida y realista del mundo, mamá lo repite de continuo, y suele añadir que lo es tanto que hasta resulta cruel, que a veces le falta un poquito de compasión. Estrella se ríe y le responde que a ella, para ser feliz, le sobra mucha. ¡Ay, me estoy yendo por las ramas! Es curioso, pronto nadie sabrá lo que quiere decir esta expresión, ya casi no quedan árboles. Bueno, los habrá online, pero no es lo mismo. Vaya, he vuelto a irme por las ramas, ja, ja, ja. Estrella dice que cuando mamá no quiere hablar de algo finge que no existe. Pero que yo soy más lista, para escaquearme, doy vueltas y vueltas, hablo sin parar, y no llego a ninguna parte. Pues voy a decirlo, lo que pasó es que Estrella, un tiempo después de estar enferma, empezó a tener ausencias. Así las llamaba ella. Había momentos en que no sabía dónde estaba ni qué hacía. Otros hablaba sin sentido, o al menos nosotras no la entendíamos, y cada vez más a menudo, de repente, se quedaba en blanco, mirando al infinito, como si estuviera dormida con los ojos abiertos. Cuando volvía en sí, sentía un gran vacío, nos explicaba. Decía que sabía que el *yo* no es más que un constructo, *constructo* es otra de sus palabras favoritas, nuestras células cambian sin parar, en diez años las hemos repuesto casi todas, y rehacemos constantemente nuestros recuerdos, así que no podemos fiarnos mucho de ellos. Pues aun sabiendo que el *yo* no es más que un constructo, antes su identidad estaba bien definida, como la de todo el mundo, un círculo brillante rodeado por una gruesa línea negra, esto es mío, así me veo cuando pienso en quién soy. Pues Estrella decía que su identidad tenía unos límites precisos que ella conocía, la línea negra, sin embargo, ahora se iba difuminando, la línea se iba haciendo más y más gris hasta casi desaparecer, dejando escapar el círculo brillante, ella. Me estoy vaciando poco a poco, le decía a mamá. Le contaba que era como si se rompiera en pedazos y cada uno de esos pedazos tuviera vida propia. Le disgustaba no tener control sobre sí misma, pero aún más no saber ya qué era *sí misma*. Había en ella muchas Estrellas, dispersas, como replicas, que actuaban a sus espaldas, en plan peli distópica. ¿Conocían las otras su existencia o tenían también un gran vacío?, no me atrevía a preguntárselo, lo más probable es que ni siquiera lo supiera, y a mí me daba hasta miedo pensarlo. Lo único que tenía claro es que la Estrella que yo conocía estaba cada vez más triste y aislada y sí, había otras, muchas otras, una Estrella irritable, siempre enfadada, una Estrella desconfiada, que sospechaba de todo y de todo el mundo, una Estrella perdida, completamente desorientada, ajena a lo que le rodeaba, una Estrella que no nos reconocía. Todas eran ella, al menos se le parecían, pero ya no lo era ninguna por completo. Fue con mamá al médico y revisó, también con mamá, las pruebas que le hicieron. No era Alzheimer ni otra enfermedad a la que se pudiera poner nombre. Pero sí que había un deterioro cognitivo. Deterioro cognitivo, lo repetían todo el rato, pero nadie sabía si se debía al virus, si sería permanente o no, si mejoraría o empeoraría día a día. Por eso Estrella se vino a vivir con nosotras, porque, dependiendo de cuándo tenía esos vacíos, podía perderse en la calle, ya había pasado, o dejarse la puerta abierta o la vitro encendida, también había pasado. Y tuvo que renunciar a dar clase en la universidad, a veces se quedaba a mitad de una frase sin saber qué decir a continuación o enmudecía de pronto y tardaba un siglo en entender qué estaba haciendo y dónde. Primero pidió la baja y luego se jubiló. Y, aunque nunca nos lo dijo, sé, mamá también lo sabe, que dejar de dar clase es lo que más la deprimió.

Mamá y yo tuvimos que empezar a turnarnos para cuidarla.
Después, Estrella se fue.

Antes las oí.
Las oí. Aquella noche.

Ahora sí que voy a escuchar a Pamela Williams.

NOTA DE VOZ 40_BAR

00:54

Hoy, cuando he llegado del insti, Estrella no estaba en casa. He corrido a la calle, con el corazón dando botes. La he encontrado en la terraza del bar de la esquina. Antes no tenía terraza porque la acera es muy estrecha y, además, había árboles, pero después del confinamiento permitieron ponerla, provisional, y ahí se ha quedado. Luego, nadie sabe por qué, los árboles se fueron secando. Cada vez que se secaba uno, el ayuntamiento lo quitaba y el bar colocaba una nueva mesa. Estrella había apartado una de esas mesas y estaba sentada en el suelo, donde antes crecía un árbol, llorando. Se había formado un círculo de gente a su alrededor y la dueña del bar le gritaba que o se levantaba o llamaba a la policía. He abrazado a Estrella y me la he llevado a casa. Ahora está en su cuarto. Sentada en la cama. Con una mano sobre la otra. Las piernas juntas. Muy quieta. Sin decir palabra. Tiene los ojos cerrados. Pero no está dormida. De cuando en cuando entro a verla, le pregunto cómo se encuentra. No me mira. No contesta. Es como si sólo su cuerpo siguiera allí.

NOTA DE VOZ 43_BAR

00:15
Alguien ha escrito con pintura verde AQUÍ HABÍA UN ÁRBOL en cada lugar de la acera en el que antes crecía uno. Se ve mazo porque aún no han puesto las mesas.
Y no ha sido Estrella. Cuando he salido para el insti estaba sentada delante de la ventana con el libro de siempre, el único que lee ya, el que tiene a un hombre mayor en la portada y se llama *Gratitud*.

NOTA DE VOZ 44_BAR

00:07
Acabo de pasar por el bar. Las pintadas ya no están. De todos modos, se lo contaré a Estrella. Igual la anima saber que hay más gente como ella.

NOTA DE VOZ 46. BAR

00:06

Han vuelto a hacer las pintadas. La dueña del bar está puto cabreada. Hasta ha venido la policía. A Estrella le va a encantar.

NOTA DE VOZ 98_YO

00:19

El otro poema que había dentro de *El viaje del Beagle* es muy cortito y no tiene título.
Dice así:

Huele a fin de verano
A luces amarillas y sábanas blancas
A ventanas que se abren al calor de la noche

Huele a infancia

No sé por qué se me hace un nudo en la garganta cada vez que lo leo. Me pone aún más triste que el anterior.

NOTA DE VOZ 99_YO

00:16

En verdad no tiene que ver conmigo. Sólo con Estrella. Al leerlo, es como si por un segundo pudiera tocarla, o mejor, tocar algo suyo, para perderlo luego otra vez.

Sí, quizá es por eso, porque no tiene que ver conmigo, sólo con Estrella, y es inalcanzable, por lo que me pone tan triste.

INSTAGRAM

TORTUGAS

Mensajes

L. **Foto de un libro de Lengua y Literatura abierto**
Aburrida
Tú?

Foto aérea de Tuvalu
Audio:
¿Te acuerdas de Tuvalu? Se lo está tragando el mar. Llevan años pidiendo ayuda y ni caso. Es real.

L. **Audio:**
En verdad a Tuvalu lo clonaron.
Es el primer país del mundo digitalizado en el metaverso.

Audio:
¿Y quién quiere que su casa sólo esté en el metaverso?
¿Te imaginas que de pronto desapareciera nuestra ciudad?
Podían esforzarse tanto en evitar que se lo trague el mar.

L. **Audio:**

¿Quiénes? ¿Los ricos?
Son los que contaminan
más.
Ellos y sus empresas.
Y les da igual.

Audio:
Como que no les afecta. Van de su casa climatizada y con piscina a su coche con aire acondicionado y de allí a su jet privado y de su jet privado a su otra casa climatizada y con piscina al otro extremo del mundo.

L. Te imaginas cuando no
quede agua?
Ni animales
Ni plantas

Ni vida en el mar

L. Moriremos!

Audio:
Los ricos, no. Se irán a Marte y volverán a hacer lo mismo.
Ni se acordarán de cómo se cargaron la Tierra.

L. **Audio:**
Aquí sólo quedarán inteli-
gencias
artificiales.
Y robots.
No les hace falta agua.
Ni comida.
Ni oxígeno.

Audio:
Guardarán todos los datos.
Las series.
Las pelis.
¡Los podcast!

L. Los libros

Los cuadros

L. **Audio:**
Los países clonados, los vídeos y las fotos de todas las personas, los animales, las plantas, las ciudades y los paisajes que alguna vez existieron.

Audio:
Y sabrán un montón de medicina, bio, física, filo, mates.

L. Literatura
Historia

Audio:
Química, poesía
y música.
¡Tendrán toda la música del mundo!

L. **Audio:**
Pero los ricos se aburrirán en Marte. Verán con sus móviles a los robots bailar en la Tierra, contarse historias, ver series, y disfrutar de la naturaleza y las ciudades en el metaverso.

Se pondrán furiosos!

L. Supercabreados!

Audio:
Se morirán de envidia.
Los ricos son muy envidiosos.
Y caprichosos.

L. **Audio:**
Querrán borrar las memorias de los robots. Acabar con las IA para siempre.
¡Habrá una guerra interplanetaria!

Quién la ganará?

L. Los robots son los buenos

Siempre ganan los malos

L. No siempre

En la realidad sí

L. No siempre

Casi siempre

L. A veces

Vale a veces

A Luna
le ha gustado un mensaje

L. JAJAJA ha estado chulo!

REAL!

Pero sabes? También
da miedo

L. Un poco

INSTAGRAM
TORTUGAS
Mensajes

L. **Audio:**
Oye, estoy pensando que los robots tendrán muchos datos falsos. Tipo un montón de mentiras, de *fake news*, de imágenes y vídeos *fake*.

Si

L. **Audio:**
Y si un día, cuando aquí ya no haya vida, llegan seres parecidos a nosotras de algún otro sitio del universo, ¿cómo sabrán qué es verdad y qué es mentira?
Los robots no se lo dirán.
No tendrán ni idea.

Audio:
No podrán. No habrá manera de diferenciarlo. Aunque a lo mejor para entonces los robots son ya máquinas silentes, como dice Estrella, iguales que nosotras.

L. **Audio:**
Da lo mismo. Porque también ellos se habrán creído las mentiras que aprendieron.

Como mucha gente
No le des vueltas
Duérmete

L. **Emoji manos formando un corazón**

Sticker: plano medio cenital de niña tumbada y rodeada de corazoncitos rosas

NOTA DE VOZ 103_YO

01:26

Las tortugas tienen pulmones. No sé por qué lo pienso mientras camino, bajo el sol, hacia el insti. Hace nada que ha amanecido y ya arde. Y mayo sólo acaba de empezar. Mamá me ha obligado a llevarme la gorra, la he guardado en la mochila. En mi clase nadie usa, y paso de ser la única, en verdad prefieren derretirse que admitir el cambio climático. Las imágenes de miles de peces muertos por el calentamiento del agua del mar son *fake*. El agua está como siempre. Ellos no notan la diferencia. Inundaciones e incendios había también antes. Y lo del calor, son ciclos. Ahora nos ha tocado uno malo. Que nos vamos a extinguir es real, pero porque hay un plan para reemplazarnos por gente que *ellos* traen de África. Da igual que les digas que las personas que intentan llegar aquí rara vez lo consiguen, mueren antes, asesinadas en las fronteras o ahogadas en el mar. También es *fake*. Les basta con mirar a su alrededor, cada vez hay más. Eso dicen en mi clase.

Que las tortugas tienen pulmones, me lo contó Estrella en la playa, cuando era pequeña. Antes de la pandemia aprovechábamos las vacaciones de mamá para pasar una semana en la playa. Lo echo de menos. Me encantaba.

Busco una tortuga por dentro, corazón, pulmones, esófago, estómago, intestinos, riñón, vejiga, colon. Siento que somos iguales y me entra una especie de escalofrío raro. Sólo que ellas tienen cloaca, para no estar saliendo todo el tiempo a la superficie a respirar. Aguantan durante horas, incluso días y meses, bajo el agua. Los machos nunca dejan el mar. Las hembras, sí. Vuelven, para poner sus huevos, a la playa en que nacieron. Me lo contó Estrella mientras hacíamos un agujero en la arena. Después estuve mucho rato buceando. Pero no vi tortugas. Sólo peces enanos y algún cangrejo.

NOTA DE VOZ 104_INSTITUTO

00:24
En mi clase siguen madrugando para expresar sus opiniones en la pizarra. Pero ahora STOP MOROS y MENAS NO ha sustituido a los insultos homófobos. A lo mejor necesitan una pizarra más grande para que les quepa todo. Lo borra el profe o la profe de turno, cuando llega, sin decir palabra. Hasta que se harten. Como yo.

NOTA DE TEXTO1_INSTITUTO

129 caracteres
Hace tanto calor que no podemos levantar las persianas. Ni siquiera unas rendijas. El sol abrasa.
Hace tanto calor que vamos a morir asfixiados en el aula.

NOTA DE TEXTO2_INSTITUTO

27 caracteres
Me aburro. Me aburro. Me aburro.

NOTA DE VOZ 105_MAMÁ

00:13
¡Mamá! ¿¡Qué haces!?

¡¡Mamá!! ¿¡Qué estás haciendo!?
¡¡Mamááá!!
Limpio. ¿Es que no lo ves?
¡Para, porfa! ¡Para ya!
¡No! ¡Déjame!
¡¡Para!!
¡Nooo! ¡Y deja de grabarme! ¡Joder! ¡Odio que me grabes!

NOTA DE VOZ 106_YO

01:57
Mamá está ahora en la cocina. Hace una tortilla de patata. Y se queja en voz alta de lo difícil que resulta conseguir aceite y de lo caro que es. Yo me he metido aquí, en el baño, para grabar este audio. Estoy sentada sobre el váter. Tengo muchísimo calor, pero no pienso abrir la ventana. Fuera revolotea amenazante la nube de mosquitos y acechan las chinches, aunque no las vea. De cuando en cuando, algún mosquito choca contra el cristal y ahí se queda. Aplastado. Hay pegadas cientos de motitas negras.
No sé qué es lo que ha pasado antes, pero me he asustado de verdad. Cuando he llegado, mamá estaba en la habitación de Estrella. Llevaba puestos unos guantes de goma y frotaba los cristales de la ventana con un trapo. Le he di-

cho hola, pero ni siquiera se ha dado la vuelta. Frotaba los cristales con todas sus fuerzas. Como si quisiera desgastarlos. He vuelto a decirle hola más alto. Y nada. Frotaba y frotaba. Le he pedido que por favor parase y no me ha hecho caso. Sólo frotaba, una vez y otra y otra y otra. Detrás de ella, el monstruo gris metalizado de la supercomputadora brillaba bajo el sol. Era algo loquísimo. Al final, no he podido soportarlo más y he intentado quitarle el trapo de la mano. Mamá tiraba de un extremo y yo del otro. Entonces, no sé qué me ha dado, he soltado el trapo con un grito y he arrojado los libros que quedaban en la mesilla al suelo. Han chocado con un golpe seco. Mamá se ha sobresaltado. Como si estuviera hipnotizada y el ruido la hubiera despertado. Ha dejado el trapo y ha venido, pálida, hacia mí. Me ha cogido por los hombros, luego me ha cogido la cara con las dos manos, me ha mirado a los ojos, y me ha dicho, perdona, perdona, perdona, lo siento muchísimo, no sabes cómo lo siento. Y ha vuelto a colocar los libros sobre la mesilla con mucho cuidado. Yo la he ayudado. Ha preguntado, ¿estás bien, cariño? Voy a hacerte tortilla de patata. Con cebolla, como a ti te gusta. En verdad a quien le gusta con cebolla es a Estrella, a mí me da igual. Pero no he dicho nada. La he seguido a la cocina. Se ha quitado los guantes y los ha guardado bajo el fregadero. Ha sacado las patatas, una cebolla y un cuchillo, y ha puesto en su móvil a Ella Fitzgerald. A mamá no le gusta el jazz. Le he dicho voy al baño y ahora estoy aquí, sentada sobre el váter, oyendo *Flying Home* a lo lejos. Ay, es todo tan raro que me voy a echar a llorar.

NOTA DE VOZ 107_YO

00:07
Las oí aquella noche.

Lo grabé.
Sé que estuvo mal. Pero lo grabé.

Nunca se lo diré a nadie.

GRABACIÓN 3

OSCURO

Móvil de Estrella

Yo está sobre lo oscuro en una planicie de nubes blancas algodón a lo lejos *yo* nada vuela con cola de sirena mueve el cuerpo los brazos la cola curvándolos curvándola la cola es blanca como las nubes el cuerpo es blanco como las nubes los brazos son blancos como las nubes *yo* va detrás quiere darle alcance y fundirse y ser una *yo* sólo una *yo* sirena se escapa *yo* sólo una la alcanza forcejean *yo* sólo una quiere entrar en *yo* sirena giran giran la una sobre la otra hay otra *yo* la tercera persigue a *yo* sirena también huye escapa por la planicie de nubes blancas algodonosas *yo* es tres cuatro cinco seis persiguen a *yo* sirena casi ya a punto sí pero no por poco cerca de van a fundirse ser una todas fuera del cuerpo se buscan se enredan se acosan por el colchón de nubes blancas algodonosas debajo está la zona oscura *yo* escala más abajo el cielo patos y pájaros blancos más abajo todavía corre el río en medio la isla hierba mariposas libélulas abejas y los troncos rugosos de los árboles el viento mueve las ramas debajo está el agua *yo* es un cuerpo isla un árbol un pájaro un pato una abeja un remolino en el río una sirena vuela

NOTA DE VOZ 109_ESTRELLA

01:05
He cogido *Frankenstein* de tu mesilla. Primero lo puse debajo de Melville. Luego lo he pensado mejor, he vuelto a mi cuarto y lo he colocado sobre Darwin. Antes, volví a leer el final. Te lo quiero leer a ti ahora. Ya lo conoces, así que no te hago *spoiler*:

Pronto se extinguirá el fuego que me atormenta. Ascenderé, triunfante, a mi pira y exultaré de júbilo en la tortura de las llamas. Lentamente su brillo se irá apagando y el viento esparcirá mis cenizas por el mar. Mi espíritu descansará en paz allí donde, si es todavía consciente, todo habrá sin duda cambiado.

No te leo cómo el monstruo, subido en su trineo, se pierde entre las olas en la oscuridad de la noche. A pesar de todos sus crímenes, nos da a las dos muchísima pena.

Por ahora he llevado desde tu mesilla a mi cuarto tres libros: *Moby Dick* de Herman Melville, *El viaje del Beagle* de Charles Darwin y *Frankenstein* de Mary Shelley.

Quizás me traiga alguno más. No sé.

NOTA DE VOZ 112_YO

01:08

Otra vez no puedo dormirme. No se lo he contado a nadie, ni siquiera a Estrella, pero cuando me quedo quieta, tumbada en la oscuridad, y la casa está en silencio y hace tanto calor que el sudor me pega el pelo a la frente y la sábana a la espalda y el aire es tan pesado que no puedo respirar, por mi cerebro pasan mazo de imágenes, una tras otra, muy rápido. Muy muy rápido. Todo empieza con una palabra, da igual cuál, calle, casa, Estrella, mamá, río, ventana, Mispíquel, Alberto, tortuga o mandarina, que es mi fruta favorita, la veo en mi cabeza, con fondo oscuro, como si fuera un título, y las imágenes se ponen en marcha. Van pasando rápido como un *reel* larguísimo, pero sin música. Algunas las he visto en vídeos, otras pertenecen a personas o sitios que conozco. Yo no salgo nunca, aunque haya estado con esas personas o en esos lugares, sólo las observo, como si toda mi vida, en plan temático, se deslizara delante de mis ojos. Tipo como lo que dicen que pasa cuando te estás muriendo. Sólo que yo sigo viva. Y al final me levanto de la cama, voy al baño a hacer pis y siempre me empeño en lavarme la cara, sin acordarme de que a esas horas está cortada el agua. A veces entro en el cuarto de mamá y me meto en su cama, ella sigue en el sofá, y allí, entre sus sábanas, arropada por su olor, acabo por quedarme dormida. Hoy no. Hoy, ni siquiera en su cama consigo dormirme.

NOTA DE VOZ 113_YO

01:40
Las oí. Primero a Estrella. Después a mamá. Hablaban bajito, supongo que por no despertarme. No entendía lo que decían. Miré la hora. Era la una. Vi que había luz en el salón. Fui hacia allí, despacio, con mucho cuidado, por miedo a que me oyeran. Sentía que era algo entre ellas que no debía interrumpir. La puerta estaba entreabierta. Estrella le decía a mamá que no quería ponerla en esa situación, pero que no podía seguir así, mamá insistía en que era su hija, antes que médica, era su hija. Quería y no quería oírlas, me decía que no debía, que no me iba a gustar. Así que puse el móvil a grabar y lo deslicé por la rendija de la puerta. Me senté lo más lejos posible, con las piernas encogidas, las rodillas entre los brazos y la espalda contra la pared. Desde donde estaba, aún me llegaban sus voces, pero ininteligibles. Eso me tranquilizaba.
Cuando se fueron apagando y el silencio entre una frase y la siguiente se hizo cada vez más grande, pensé que era el momento de ir a por mi móvil y volver a mi habitación. Lo tenía ya en la mano y entonces oí a mamá decir mi nombre, ¿Y Sofía? Estrella contestó, Sofía lo entenderá.
Sofía lo entenderá. Entender, ¿qué? Me enorgullecía que Estrella confiara en mí y, a la vez, me asustaba, porque lo que fuera que tenía que entender no era del agrado de mamá y no había nadie en este mundo que quisiera más a Estrella que mamá.
Estaba en mi cuarto. En la cama. Tenía el móvil en la mano. Bastaba con poner el audio para saberlo. Pero no lo hice.

Al rato, me llegó el murmullo de sus voces y sus pasos en el pasillo. Se despidieron en la puerta de la habitación de Estrella. Te quiero, oí decir a mamá. Y yo a ti, niña mía, le contestó Estrella. Después, cada una se metió en su cuarto y se hizo el silencio.

Al día siguiente no oí el audio. Ni al otro. Ni al otro tampoco.

NOTA DE VOZ 114_ESTRELLA

05:21

La tarde antes salimos a pasear las dos. Lo recuerdo muy bien. Íbamos contentas, no hacía calor, aún era invierno. Caminamos unos metros a la sombra de la supercomputadora, todavía en construcción, hasta llegar al parque, si se le puede llamar así a ese puto solar sin hierba, ni plantas ni árboles, con unos cuantos aparatos de gimnasia destrozados, unos columpios y un banco de hormigón en el que a partir de abril es imposible sentarse sin abrasarse y que tú y yo odiábamos. Alguien había escrito en el suelo, con pintura azul, AQUÍ HABÍA HIERBA. Pasamos con cuidado, procurando no pisarlo, mientras nos preguntábamos si sería la misma persona que hizo las pintadas en el bar. Nos sentamos en el banco y volviste a contarme, me lo has contado muchas veces, es algo que te obsesiona, que la ciencia lleva avisando de lo que se nos venía encima desde el siglo pasado y no se le ha hecho caso porque no interesaba. Para mí, te lo dije, lo llevo diciendo desde pequeña, somos lo peor del planeta. Los animales restantes y las plantas habrían vivido tranquilamente billones y billones de años sin nosotros. Me contestaste que eso era darnos una importancia que, a priori, no tenemos, una forma de antropocentrismo. No somos más que uno de los muchos organismos que han surgido al azar, ni mejor ni peor que el resto, sólo el resultado de una copia errónea de ADN que borró información, lo que afectó a los genes vinculados al cerebro. Y añadiste, en plan broma, que lo que nos diferencia de los otros mamíferos es lo que nos falta. ¿Ves?, te contesté, ¡somos los

más tontos de todos los seres vivos! No sólo vamos a acabar con el resto de especies, sino que vamos a ser la única que se autodestruya. ¿Qué inteligencia es ésa? Tú te reías. Hacía mucho que no te reías así. Te divertía oírme. Y yo lo repetía porque me encanta tu risa. Y, además, me aliviaba. Me sorprendió, no se me olvida, que te encabezonaras con que, para bien o para mal, nos dábamos demasiada importancia. Lo que tenemos es responsabilidad, dijiste. En lugar de lamentarnos, debemos parar esta destrucción. Aún queda una oportunidad. Probablemente la última. Pero si fracasamos, quizá siga habiendo vida después. Considerar que con el fin de nuestra especie se acaba todo es también antropocentrismo. Quién sabe, tal vez haya vida, volviste a decir, ¿acaso no la hubo tras la extinción masiva del Cretácico? Distinta, y sin la persona sabia, como sueles llamarnos de broma, pero vida al fin y al cabo. Me extrañó, porque normalmente eres mucho más pesimista, a menudo me has dicho que los seres humanos íbamos a hacer desaparecer el planeta. Me extrañó, pero no te pedí que me lo aclararas y, ¡ay!, ahora ya no sé qué pensar y no estás aquí para sacarme de dudas.
A veces te despistabas, no te acordabas de qué estabas diciendo y me lo preguntabas, aunque mantenías tu lucidez, así llama mamá a esa facilidad que tienes para explicar las cosas.
De pronto, te callaste. Miraste al frente con una expresión extraña. Te volviste hacia mí, querías saber dónde estaba mamá. Te dije que trabajando y empezaste a hablar del hospital, de los pacientes y de ir a buscarla y de paso saludar a no sé quién, y me di cuenta de que no te referías a mi madre, sino a la tuya. Luego te quedaste callada. Muy quieta. Perdida. Yo también estaba callada y quieta. Y asustada. Estuviste así un rato hasta que me sonreíste, menos mal, y

supe que de nuevo me reconocías. Me acariciaste la cabeza y musitaste, Sofía.

Esa noche entraste en mi habitación. A veces lo haces cuando mamá tiene turno. Me preguntaste por la última publicación que habíamos subido. Querías saber cuántos *likes* tenía. Siempre eran poquísimos. Te dije que dos y el de Luna. Nos echamos a reír. Solíamos hacer bromas con su nombre y el tuyo. Ahora Luna es mi mejor amiga, ¿sabes?, pero ésa es otra historia, ya te la contaré.

He estado a punto de volver a hacer lo de dar vueltas y vueltas para no llegar a ninguna parte, y es que, si te digo la verdad, me cuesta mucho hablar de esa noche.

Pues te sentaste en el borde de la cama, me preguntaste por Insta y luego me dijiste si me acordaba de cuando era pequeña y me llevabas al refugio de mascotas abandonadas. Claro que me acordaba, cómo lo iba a olvidar. Había cotorras, antes de que estuvieran por todas partes, y hámsteres y unas cobayas enormes que ya nadie quería en casa, y conejos y hurones. Me interrumpiste, y tortugas. Te pasabas horas mirando a las tortugas, ¿no te acuerdas? Sí que me acordaba. Te lo dije. De niña, las tortugas me flipaban, su piel dura, rugosa, como si estuvieran hechas de corteza de árbol, y el caparazón, sobre el que imaginaba, creo que lo había visto en la ilustración de un cuento que solías leerme, que crecía un bosque de árboles enormes llenos de pájaros, por cuyos troncos correteaban las ardillas, y los monos saltaban, chillando, de rama en rama. Precisamente por eso, por lo que me gustaban de niña las tortugas, habíamos llamado así a nuestra cuenta. Y continuaste, ¿te acuerdas de que me sentaba a tu lado y te contaba que habían sobrevivido más de doscientos millones de años en un planeta que no deja de cambiar? Yo asentí. Te veía en la hierba, a mi lado, mucho más joven, en aquel sitio que ya no existe, señalando a las tortugas y diciendo, los dinosaurios se extinguieron, pero ellas siguen aquí. Entonces lo repetiste en voz alta, como si me hubieras leído el pensamiento, los dinosaurios se extinguieron, pero las tortugas siguen aquí. Te quedaste callada. Nos quedamos calladas. Después me abrazaste muy fuerte y me dijiste que me querías. Al salir dejaste la puerta como me gustaba de pequeña, abierta una rendija y la luz del pasillo encendida.

Por la mañana, cuando mamá entró en tu cuarto al volver del trabajo, vio que te habías ido para siempre.

GRABACIÓN 4

TIERRA

Móvil de Estrella

Encima está la tierra las piedras la hierba seca amarilla
debajo oquedad fango aguas subterráneas
yo avanza repta se desliza como un animal chapotea en el barro
en los hilos acuosos estancados avanza repta
encima de la tierra las piedras la hierba seca amarilla *yo* camina
sus zapatillas plaf plaf *yo* camina sobre *yo* bajo tierra plaf plaf entre
la hierba seca amarilla la tierra se abre se rompe *yo* surge a la
superficie abre la boca coge aliento respira aaah una multitud de *yo*
surgen a su alrededor rompen la tierra abren la boca cogen aliento
respiran aaah *yo* camina plaf plaf una multitud de yo caminan detrás
pegadas unas a otras plaf plaf cada vez son más se pierden en la
distancia a lo lejos en la distancia son como hormigas
puntos negros en la distancia miles millones de *yo* caminan en fila
plaf plaf miles millones de *yo* surgen de la tierra entre la hierba seca
amarilla abren la boca cogen aliento respiran aaah
caminan surgen son miles millones
respiran aaah caminan plaf plaf cada vez son más

INSTAGRAM

TORTUGAS

Mensajes

L. Holi!

Audio:
¿Sabes?
Estrella… está muerta.
Eres la primera a la que se lo cuento.

Gif luna llena en medio del cielo nocturno saliendo de entre la niebla

L. Lo siento!

Gif del cielo nocturno salpicado de estrellas. Una estrella brilla mucho más que el resto

Te quiero amiga
Sticker corazón rojo latiendo

Sticker corazón rojo que gira despidiendo corazoncitos rojos y rosas

NOTA DE VOZ 115_INSTITUTO

03:11

¡Eh, eh, mirad, ahí va otro avión!
¡Yo flipo! ¡Pedazo de *chemtrail*!
¡Pues ya son cuatro!
¡Qué fuerte!
¿Lo veis? A primera hora había mazo de nubes y ahora está todo despejado. Es un programa secreto de fumigación a gran escala, como dice mi padre.
¡Joder!
¡Hostia, tía!
¡El ejército debería derribarlos!
¿En verdad no es un poco raro? ¿Para qué quieren que no llueva?
¡Piensa, chica! ¡Si hay sequía se pierden las cosechas, suben los precios y *ellos* se forran!
También echan virus, lo he visto, así ganan más vendiendo medicamentos.
Sí, bonito, sí, y la tierra es plana y hay un complot alienígena para invadirla. Los aviones dejan estelas porque los gases que expulsa el motor salen a una temperatura más alta que la exterior. Así que siento cortaros el rollo, ¡es sólo agua condensada! Nadie nos fumiga desde el cielo.
Entonces, ¿por qué hay tantas, listilla?
¿Igual porque cada vez hay más aviones? ¿O porque te fijas más? O las dos cosas juntas, ¿qué te parece?
¡Ja, ja, ja, no te lo crees ni tú!
Además, no son todas iguales. A ver, ¿qué tiene que ver esta estela con esta otra?

¡Real! ¡Mira!
¡Ahivá, tronca, ésta da miedo! ¡A saber qué estarán echándonos!
Unas son de los aviones normales y otras de los que nos fumigan.
Si no se borran en menos de doce horas son *chemtrails*, lo vi.
¡Guau, supercientífico! ¡Dais mucha lache!
¡Los científicos están todos con *ellos*!
Sí, y en Tiktok sólo hay información verdadera. ¡Pues claro que las estelas son distintas y unas duran más que otras! Depende de la altura a la que vuelen los aviones, y de la humedad y la temperatura de la atmósfera.
¡Cuidadito, que su madre es médica! Y ya sabéis...
¿¡Te vas a meter con mi madre!?
Te puso la vacuna, ja, ja, ja, ja.
¡Y a mazo de gente más!
Cállate que tú también te la pusiste.
Porque me obligaron. ¡A mis padres les rayaron con la COVID!
A mi padre no. Nunca me han puesto una vacuna, ni siquiera la de la COVID. A los médicos también les pagan *ellos*.
¿Lo dice tu padre? Claro, chica, los aviones nos fumigan, las vacunas nos controlan, el cambio climático es un invento, hay una conspiración reptiliana y todo el mundo está comprado y miente. Por cierto, esas cruces de tu pulsera son nazis.
¡Son swastik, niñata, y dan buena suerte!
Pues eso. Esvásticas. Nazis. Búscalo. Hay vídeos en los que se ve lo que hizo esa gente. ¡Y lo hizo de verdad!
¡Me da igual! ¡Mola!
También hay vídeos que dicen que es mentira. ¡E *influencers*!
Y además, ¿cómo sabes tú qué es verdad y qué no, eh?
¿Y por qué va a ser verdad lo que tú digas y no lo que decimos nosotros? ¡Somos muchos más!

Aquí estoy, grabando a una pandilla de imbéciles a los que lo mismo les da un vídeo de ovejas bailando, un bombardeo con miles de muertos, bebés voladores, un desfile nazi o las estelas de los aviones.

¿Nos estabas grabando?

¿¡Nos estás grabando!?

¡¡Puta flipada! ¡¡Nos está grabando!!

¡Trae acá! ¡Dame tu mierda de móvil! ¡Bórralo o te denuncio!

¿A quién? ¿A tu papá y a su grupo de conspiranoicos?

¿Qué tienes tú qué decir de mi padre, gilipollas? ¡No te pases ni un pelo! ¡Deja de grabar ya!

¡Ven y quítamelo si te atreves!

Carreras. Movimiento de mesas y sillas. Gritos y risas.

¡Eh! ¿¡Qué pasa aquí!? Cada uno a su sitio ahora mismo. Sofía, apaga ese móvil y guárdalo en la mochila o te lo confisco.

NOTA DE VOZ 116_INSTITUTO

01:11

Estoy en el baño. Han tocado el timbre para el recreo y he salido corriendo de clase, me he encerrado aquí y he echado el pestillo. En el patio me quitan el móvil fijo. ¡Igual hasta me pegan! Siempre desconecto de sus mierdas. No sé por qué no lo he hecho esta vez. Lo normal es que ni siquiera los escuche. Me pongo a hacer otra cosa, oigo música o me imagino que estoy en otro sitio, como en mi cueva, o hablando con Luna. Pero hoy, quizá por las tonterías tan grandes que decían, me he acordado de Estrella, ella se las habría rebatido todas, y me ha entrado un cabreo enorme. Nunca había sentido un cabreo así. Estaba tan cabreada. Y a cada frase que decía Mispíquel y el resto me cabreaba aún más. Quería romperles la cara. Reventarles el móvil en la cabeza. Lanzarles las sillas y las mesas. Darles patadas en el suelo. Los odiaba. Los odiaba muchísimo. A ellos, a los *chemtrails*, al cambio climático, a Tiktok. Odiaba todo. El insti, mi casa, a mi madre. Mi vida entera. Quería matarlos. Si hubiera tenido una ametralladora, les habría disparado hasta acabar la munición. No me habría importado salpicarme de sangre con tal de oírlos gritar de miedo. Me he asustado tanto de mí misma y de las cosas malas que pensaba, y de lo que me gustaban, de lo que me gustaba pensarlas, que me he metido en su estúpida conversación. Mejor reírme de sus gilipolleces que rayarme con lo que querría hacerles.

NOTA DE VOZ 117_INSTITUTO

00:04
Hace tanto calor que voy a tener que salir del baño. Tal vez agonice en el pasillo.

NOTA DE VOZ 118_INSTITUTO

00:05
O me maten. Son más. Son tantos que tengo miedo de salir de aquí y que me maten.

NOTA DE VOZ 119_INSTITUTO

00:05
Mispíquel siempre fue una idiota, pero Alberto ¿cómo ha podido volverse tan idiota?

NOTA DE VOZ 120_INSTITUTO

00:03
A lo mejor ya lo era, pero yo no me di cuenta.

NOTA DE VOZ 121_INSTITUTO

00:04
Todos los chicos son idiotas.
Y casi todas las chicas, también.

NOTA DE VOZ 122_INSTITUTO

00:02
¿Por qué Estrella tuvo que hacerme esto?

NOTA DE VOZ 123_INSTITUTO

00:04
¡Necesito salir de aquí!
¡Que suene el timbre ya!

NOTA DE VOZ 124_INSTITUTO

00:14
Me he largado. No he vuelto a clase. He salido del baño y me he ido del insti. Estoy en el paseo. Sentada en el suelo. Con la espalda apoyada en el muro que da al río. Bajo el sol. Soportando el olor. Es asqueroso.

Han borrado la pintada. Si tuviera con qué, volvería a hacerla.

NOTA DE VOZ 125_INSTITUTO

00:09
No tengo ganas de ir a casa.
Seguro que cuando vean que no estoy en clase me pondrán falta. O le mandarán un WhatsApp a mamá.
Me da igual. No pienso volver. No voy a volver jamás.

NOTA DE VOZ 126_ESTRELLA

00:04
¿Por qué tuviste que hacerme esto? ¡Di! ¿Eh? ¿Por qué? ¿Por qué me hiciste esto?

NOTA DE VOZ 127_ESTRELLA

00:16
Pensaste que lo iba a entender. ¡Pues no! No lo entiendo. Hay cosas que están aquí, dentro, en algún sitio. Y duelen.

Tú, que te empeñas en que todo se puede entender, podías haber entendido esto.

NOTA DE VOZ 128_ESTRELLA

00:08
¿Sabes lo que pienso? Que no me quieres.

Y me da igual ponerte triste. Me importa una mierda no cumplir con nuestro acuerdo. ¡Tú has sido la primera en romperlo!

NOTA DE VOZ 129_MAMÁ

00:30

¿Dónde estabas, Sofía? ¿Puedes explicarme dónde te has metido? ¡Me han escrito del instituto! ¿Por qué te has ido de clase?

No pienso volver, te lo aviso. Me la suda lo que me digas. Odio ese sitio.

Pero ¿qué ha pasado?

¡Nada!

Venga, Sofía, dime qué pasa. Que ya no esté Estrella es difícil para las dos...

No, no es que Estrella no esté. ¡Se ha muerto! A ver si lo entiendes de una vez. ¡Estrella se ha muerto! ¡La que no está eres tú! ¡Me voy a mi habitación! Para estar sola, prefiero mi cuarto.

Sofía, por favor, vuelve aquí. Vamos a hablar. ¡Vuelve aquí ahora mismo!

Portazo.

INSTAGRAM
TORTUGAS
Mensajes

L. Foto de los pies desnudos de Luna sobre un almohadón junto al brazo de un sofá

Hola Sofía!
Q haces?

NOTA DE VOZ 130_YO

01:55

He estado tocando el saxo. Lo he estado tocando durante mazo de rato. Lo he tocado con todas mis fuerzas. Casi me quedo sorda. Al principio mamá ha llamado a la puerta varias veces y ha intentado abrir, pero tengo echado el pestillo. Me ha pedido que parase, que saliera y hablase con ella. Y entonces he tocado mucho más fuerte. Estaba tan furiosa como en el insti y la odiaba tanto como a los de clase. Luego me ha dejado en paz. La he oído en la cocina. Y he tocado más y más fuerte para no oírla. Hasta que ha sonado el timbre de la puerta y mamá ha ido a abrir. Eran los vecinos para protestar por la música. Odio también a los vecinos. A esos los odio desde siempre. Nunca nos dejan en paz. Todo el rato se quejan de que hago ruido. Pero he parado de tocar. Me ha dado pena mamá. Seguro que no se atrevía a explicarles la verdad, que soy insoportable. Aunque no he salido a comer. A eso me he negado, por más que ha vuelto a llamar a la puerta. Sigo en mi cuarto. En cuanto mamá se vaya, la han llamado para cubrir una baja, iré a ver qué me ha dejado en la nevera. Fijo que ha guardado mi comida en un táper para disimular, como si fueran las sobras. Pero son para mí. Mamá me da mucha pena. Y a la vez me cabrea muchísimo. Estrella era más mi madre que ella. En el sentido de alguien que siempre está ahí, te cuida, te enseña cosas, pero también te regaña. Alguien que se da cuenta de cuándo le cuentas mentiras y de cuándo estás triste. Mamá es como una hermana mayor. Estrella nos mimaba a las dos. Éramos, lo decía todo el rato, sus dos ni-

ñas. Ahora, a veces pienso que tengo que ser la madre de mamá. Y cuidarla. Porque ya no está Estrella. Y me asusto. Porque soy su hija. Últimamente creo que todo el mundo se empeña, con todo el mundo me refiero a Estrella y a mamá, en hacerme mayor de golpe. Y aún me siento más pequeña. Y busco a Estrella y se ha muerto. Y busco a mamá y no está. Y de nada me sirve respirar con el abdomen, como dice mamá, ni la mierda del aquí y el ahora que me decía Estrella durante el confinamiento. Lo que quiero, lo único que quiero, es que todo vuelva a ser como antes. Como hace muchísimo tiempo. Pero no se puede.
¿Por qué?
¿Por qué no se puede?

NOTA DE VOZ 1_MI CUMPLEAÑOS

00:30
Grabando. Grabando. Estoy grabando con el móvil que me ha regalado mamá por mi cumple. ¡Mola un montón! Y ahora voy a abrir el regalo de Estrella. ¡Es un paquete enorme! ¡Tachán! Dejo el móvil aquí. No lo toquéis, ¿eh? Que está grabando.

Sonido de papel rasgado.

¡Oooooh! ¡Ooooh! ¡Un saxo! ¡Graciaaas! ¡Me encantaa! ¡Muchísimas gracias! ¡Un saxo sólo mío! ¡Te quierooo!
Tendrás que aprender a tocarlo.
¡Ya sé!

Sonido desafinado de saxofón.

¡Por dios, Estrella, cómo se te ocurre! ¡Los vecinos nos van a matar!

Risas.

NOTA DE VOZ 131_YO

00:11
En la nevera había pollo a la plancha y dos patatas asadas. He buscado el pan por todas partes hasta que me he acordado de que ya no hay en ningún sitio. Me lo he comido de pie, en la cocina, y no pienso fregar el plato.

INSTAGRAM
TORTUGAS
Mensajes

L. Holi?
Sofía?
Sticker: dibujo en plano
medio de un niño con los brazos cruzados
que mueve la cabeza hacia el hombro
izquierdo. Cada vez que lo hace, surge
una interrogación a la derecha

NOTA DE VOZ 132_ESTRELLA

00:13

Estoy en tu cuarto y sigo enfadada. No voy a perdonarte. He venido nada más que a buscar un libro. Lo leías los últimos meses. Nunca en voz alta. Lo leías sólo para ti. El título me daba curiosidad, pero, no sé por qué, nunca te pregunté.

NOTA DE VOZ 133_ESTRELLA

00:40

No estaba en el montón, sino aparte, en una esquina de la mesilla.
Me he sentado en el suelo y lo tengo en las manos.
Se llama *Gratitud* y es un libro muy finito, sólo tiene treinta y cuatro páginas. Tuviste que leerlas muchas veces.

Hay un capítulo titulado «Mercurio».
Y otro, «Mi tabla periódica».
No voy a leerlos. Leer me aburre. Quizás habría sido distinto si me los hubieras leído tú.

También hay una frase subrayada. Con bolígrafo azul.
Es raro. No te gustaba, eso decías, estropear los libros. Apuntabas las citas en un cuaderno.
Te la leo:

Por encima de todo, he sido un ser sintiente, un animal pensante

en este hermoso planeta, y eso, en sí mismo, ha sido ya un enorme privilegio y una aventura.
Un golpe seco.

NOTA DE VOZ 134_ESTRELLA

00:09
He tirado el libro contra la pared.

Jamás te perdonaré.

¿Por qué no quisiste seguir aquí? ¡Joder! ¡Mierda! ¿Por qué?

¿Y yo? ¿Tengo que seguir? ¿Tú no y yo sí?

¡Contéstame!

NOTA DE VOZ 135_ESTRELLA

00:05
El libro no se ha roto. Sólo se ha doblado un poco la tapa.
Lo siento.

INSTAGRAM

TORTUGAS

Mensajes

L. Sofía!
Por q no contestas?

NOTA DE VOZ 136_ESTRELLA

00:10
¿Sabes? Al final oí el audio.
El que os grabé a mamá y a ti.
No te lo había dicho. Pero te lo digo ahora.

Os oí.

Os grabé.

Y sé lo que hablasteis.

NOTA DE VOZ 137_INSTITUTO

00:50
Estoy otra vez en el río, sentada en el suelo, con la espalda contra el muro. Aunque es muy pronto, por la mañana, hace el mismo calor y huele igual de mal que ayer. El cielo da miedo. Azul resplandeciente. Eléctrico. El sol lo abrasa todo.

He salido temprano de casa. No quería ver a mamá cuando llegase. Ya no la odio, pero me da vergüenza. Por lo de ayer. Le he mandado un WhatsApp diciéndole que estaba bien, que no se preocupara y que iría a clase. Me acaba de escribir. Me pregunta si estoy bien. Le he puesto, ya te he dicho que sí. Y luego me dice que si voy a ir a clase. También le he puesto ya te he dicho que sí. Y un emoji de un beso. Y ella me ha contestado con dos emojis de un beso. Está pesadísima. Menos mal que ahora se irá a dormir.

Veo el insti a lo lejos, al final de la manzana, al otro lado de la calle, aún no han abierto la puerta. No sé si voy a ir o no. Todavía no lo he pensado.

Han vuelto a hacer la pintada, AQUÍ CORRÍA AGUA, pero sin la flecha, y esta vez con pintura azul.

NOTA DE VOZ 138_INSTITUTO

00:30
Acabo de ver un vídeo sobre tortugas marinas. Las playas

donde ponían sus huevos se han vuelto demasiado calientes. Por eso cada vez llegan más tortugas a sitios donde antes ni se las veía. Si quieren sobrevivir, no les queda más remedio que nadar a playas desconocidas para anidar.
Ya han abierto el insti.

¡Eh! ¡Mira quién está aquí!
¿Nos vas a grabar, niñata?
¿Vas a grabarnos otra vez? ¡Flipada!
¡Dame eso, gilipollas!
¡Ni te acerques! ¡No me toques!
¡¡Dámelo!!
¡Eh! ¡Suelta! ¡Suéltame!
¡Dámelo! ¡Vas a volver a grabar a tu madre, idiota!
¡Suelta! ¡Suelta…! ¡No me…!

INSTAGRAM
TORTUGAS
Mensajes

L. Hola
Sofía?

Por qué no contestas?
Sticker: primer plano de un bebé llorando

Audio:
¡Hola! Estoy con el móvil de Estrella. Me han robado el mío. Me voy a verla. Creo que no te he dicho que toco el saxo. A Estrella le gusta mucho oírme. ¡Te escribo luego!
Sticker: corazón rojo latiendo

INSTAGRAM

TORTUGAS

Mensajes

Selfie de Sofía con el saxo en su funda al hombro y la gorra puesta. Detrás de ella, las cruces de algunas tumbas y panteones.

NOTA DE VOZ 139_ESTRELLA

05:12

No sé si desde donde estés puedes verlo. Pero yo es lo primero en lo que me he fijado al llegar. Es aún pequeño. El tronco, más bien un tronquito, es del grosor de mi dedo medio. Crece delgado, muy derecho, hacia arriba. Poco a poco se irá pareciendo al árbol que será. Mido su altura con mi brazo. Llega desde el codo hasta el final de la palma de la mano. Encima tiene un manojo de ramitas, como un moño, algo más altas que mis dedos, cubiertas de hojas alargadas verde claro. Son hojas de castaño. Las he visto muchas veces antes. Aún no hablaba y ya me dejabas pasar las láminas de tus libros de botánica, por eso estaban llenos de manchas de puré y papilla. Más tarde, me enseñaste a diferenciar unos árboles de otros. A veces íbamos a un vivero, paseábamos entre los retoños y me decías cuál era cuál. Después, los abrazábamos, enormes, en los parques y los bosques. Los llamabas, fueran grandes o pequeños, por sus nombres y apellidos, en latín, con mucho respeto. *Castanea sativa.* Así se llama este pequeñín.
Sea o no un castaño, que fijo que lo es, lo que importa es que vive. Está vivo. Y está a tu lado. Pegado a ti. Muy cerca de la lápida blanca con tu nombre. Ha debido plantarlo mamá. No me ha dicho nada. Ya la conoces. Y viene. Sé que viene porque la tierra, a su alrededor, está húmeda y eso quiere decir que lo riega. Y a menudo.
Yo estoy aquí, también a tu lado. Junto al bebé de castaño. He tardado mucho en llegar, no imaginaba que estuviera tan lejos. He venido andando, muy despacio, con la gorra

puesta como querría mamá, para que no me diera un golpe de calor. No he cogido la bici, aunque ya está arreglada, porque han quitado el carril y podía atropellarme un coche. Había mazo de coches. Por el camino me he bebido una botella entera de agua. Y ahora vuelvo a tener sed. Pero sé que no me queda otra que aguantarme, cuando te fuiste ya habían cortado todas las fuentes.

No hay nadie a mi alrededor. A estas horas, todo el mundo está en sus oficinas o en sus casas, con el aire acondicionado a tope. Así que aquí estamos, sólo tú, en tu tumba, el castaño recién nacido, que aún no da sombra, y yo.

No había venido a esta zona del cementerio más que una vez. Cuando te dejamos. Mamá iba abrazada a la urna con tus cenizas con tanta fuerza que pensé que nadie se la podría quitar. Yo no me creía que pudieras estar en esa caja. No cabías ahí dentro. No había sitio para tus ojos curiosos, siempre atentos, siempre buscando a tu alrededor. Tampoco cabían tus manos, arrugadas, y un poco ásperas. Ay, ni tu pelo corto y gris. Ni tu cuerpo mullido y cálido, que olía tan bien, y en el que tanto me gustaba refugiarme. Ni tus piernas, esa manera que tenías de moverlas al ritmo de Miles Davis, las zapatillas bailando en tus pies. Tampoco podían estar dentro de una caja todas las cosas que sabías, tu genio, tu bondad, tu ironía y tus carcajadas. Ahora sé que sí. Que estaban. Que estabas. Y también que yo tenía razón y no estabas. Aunque no tuviera sentido buscarte. No te habías ido a ninguna parte. Te moriste. Te esfumaste. Te esfumaste por completo. De repente. Tus cenizas las habrá absorbido la tierra, porque mamá se puso pesadísima con que la urna tenía que ser biodegradable, hecha de fibra vegetal. Y es verdad que no te habría gustado estar en un recipiente que te impidiera mezclarte con la tierra. Ahora lo único que queda de ti es una losa pequeña, cuadrada, blanca, a ras de suelo, con tu nombre en letras negras: María Estrella de los Reyes Magos, y dos fechas, la de tu nacimiento y la de tu desaparición, porque eso es la muerte, una desaparición. Has desaparecido, como en esos trucos de magia en los que a alguien le echan una tela por encima y ¡plaf! de pronto no está, debajo no hay nada. Sólo que esto no es un truco. Si así fuera, tendría una explicación.

A tu alrededor hay otras lápidas, supongo que debajo habrá también otras urnas, biodegradables o no, de otras personas, y hierba seca, amarilla, paja ya, con grandes calvas en algunas zonas, por las que asoma una tierra agrietada y descolorida.

¿Sabes? Este audio lo estoy grabando con tu móvil. Lo siento, lo he cogido de tu mesilla sin permiso. Ahora ya no puedes dármelo, ¿verdad? Sabía la clave porque cientos de veces me pediste que te la marcara. Mispíquel me ha quitado el mío. Imagino que lo habrá tirado por ahí, quizás al río, y estará entre el fango maloliente, con miles de moscas azules y mosquitos de todas las especies danzando sobre él. Jamás lo volveré a ver. Y menos Insta, que lo compartimos, y puedo entrar desde aquí, lo he perdido todo. Tengo una sensación muy rara, como si me hubieran quitado un pedazo, como si me faltaran los ojos, los oídos o las manos. O todo a la vez. Es como si Mispíquel me hubiera amputado el cerebro. ¿Sabes?, mi cerebro no estaba en mi cabeza, sino en mi móvil, y lo he perdido. Quizás para siempre. Por eso he cogido el tuyo. Me daba hasta miedo salir a la calle sin uno. Además, ¿cómo iba si no a hablarte?

Lo peor es que nunca te mandé los audios que te grabé, así que ahora no están en ninguna parte. No los tienes. Ni yo tampoco. Y eso me pone muy triste. Tristísima. También me cabrea mucho. Había grabado todas las cosas que me importan, y las que me pasaban, y las conversaciones, y no me acuerdo de nada. Es como si al dejar mis recuerdos en otro sitio me hubiera despreocupado de guardarlos. La memoria de ese cerebro externo estaba llena y la de este otro, el de mi cabeza, está vacía, casi sin estrenar. ¡Ay!, no sé qué hacer. ¿Qué hago? Seguro que tú darías con una solución. Siempre encontrabas solución para todo.

Al menos Mispíquel no podrá oír mis audios. Necesitaría mi huella dactilar y mi clave. Así que seguro que habrá tirado mi móvil. Real.

NOTA DE VOZ 140_ESTRELLA

02:21
¿Sabes? No lo entendí. Te lo dije. Te lo he dicho un montón de veces. No lo entiendo. Y me agobia muchísimo haberme quedado sin el audio, porque no podré volver a escucharlo y ver si, de tanto oírlo, consigues convencerme. Cuando lo escuché, me acordé de lo que me decías de los libros, no pasa nada si no los entiendes a la primera, siempre puedes volver a leerlos, darles otra oportunidad. Eso mismo pensé del audio, podía volver a oírlo. Darte otra oportunidad. Y ahora ¿qué? No voy a fiarme de mi cerebro como de una grabadora. En una grabadora está todo, palabra por palabra, mientras que en la memoria sólo quedan frases sueltas, o peor, la interpretación de esas frases, y sé por ti que según vaya pasando el tiempo irá cambiando, adaptándose a lo que más me convenga. Mi estúpido cerebro buscará mi bienestar, aunque sea a costa de engañarme.
¡Ay! Te equivocaste al pensar que lo entendería. No os entiendo a ninguna de las dos. De ti, no entendí tu decisión. De mamá, no entiendo por qué al final hizo lo que hizo. Lo

hizo, ¿verdad? Sé que de alguna manera te ayudó. La convenciste. No estaba contigo, claro que no, estaba trabajando. Pero mamá, como médica, podía hacer que te resultara más fácil. Eso fue, sin duda, lo que le pediste. Mamá quería esperar. Quizás tu enfermedad no fuera a más. Quién sabe, incluso podía ir a menos. Pero tú te negaste. Estabas sufriendo. Y es verdad. Mamá y yo lo veíamos. Había días en que te levantabas y no tenías ni idea de dónde estabas ni quién eras. No sabías cuándo se te iba a ir la cabeza, ni cuándo iba a volver. Tenías miedo, aunque no lo dijeras, de que de pronto se fuera y no volviera más. Estabas sufriendo. No querías sufrir más. Lo entiendo. Pero ¿y nosotras? ¿Pensaste en nosotras en algún momento? Ya habías tomado tu decisión y no ibas a echarte atrás. Te conozco. No pensaste en nada más. Querías irte cuando todavía eras tú, aunque sólo fuera a ratos. No ibas a arriesgarte a esperar. Ni siquiera por nosotras. Decías en el audio, siempre se te dio bien argumentar, que podía llegar un día en que no fueras capaz de razonar y entonces el animal que somos se agarraría a la vida. Y mamá, ¿qué haría? ¿Cumplir tu voluntad, la de quien ya no eras, o escuchar al animal que eras y que quería seguir vivo? No ibas a ponerla en esa situación. Mamá no sabía qué contestarte. Insistía en que quizás mejoraras. Insistía en que nos tenías a nosotras, que te queríamos y te cuidaríamos siempre. Yo te habría dicho lo mismo. Pobre mamá, no quería de ninguna manera que te fueras. Yo tampoco. No sé cómo la convenciste, pero sé que lo hiciste. Lo siento aquí, en medio del pecho, me lo dice el corazón.

NOTA DE VOZ 141_ESTRELLA

00:09
Para ti la muerte era un asunto íntimo, se lo dijiste a mamá, al que tenías que enfrentarte sola, cuando y como decidieras. ¿Es que estabas sola en el mundo? ¿Es que nosotras no existíamos?

NOTA DE VOZ 142_ESTRELLA

00:08
No lo entiendo.
No lo entiendo.
No lo entiendo.
¡No sé cómo pudiste pensar que lo entendería!
¡Eres una egoísta!
Nos has hecho daño, ¿sabes? Eso no es querernos.

NOTA DE VOZ 143_ESTRELLA

00:32
Quería tocar el saxo para ti. Pero estoy demasiado enfadada. Sólo tengo ganas de darle patadas a tu tumba. ¡De tirar el saxo! ¡De arrancar tu asqueroso castaño! Mamá y tú podéis iros a la mierda. ¿Me oyes? ¡A la mierda las dos!
Golpe del saxo contra la lápida.
¡¡Sofía!!
¿Eh?
¡Sofía, para! ¡Para! ¡Soy Luna!
¿¡Luna!? ¡Luna!
Sí… Soy yo…

...
Te engañé con las fotos... Hay mucho *hater* en Insta... Y si vieras a los de mi clase...
...
¡Perdóón!
...
...
¿Sabes que te digo, Luna? ¡No te rayes! ¡Te entiendo! ¡Si vieras tú a los de la mía...!
Risas.

NOTA DE VOZ 144_ESTRELLA

00:24
Estrella, ésta es Luna. Es mi amiga. Te habría caído bien si la hubieras conocido.
Pero te fuiste.
No sé si podré perdonarte.

No, no podré.

¡No podré nunca!

Sofía... Dame la mano, anda.
No.
Anda... Porfa... Porfa...
Vale... ¡Huy! ¡La tienes llena de pintura! ¿De qué vas?
Luego te cuento. Ahora quiero conocer a Estrella. ¿Me hablas de ella?
¡Era una jefa!

NOTA DE VOZ 145_ESTRELLA

02:47
Suena al saxofón My Favorite Things *de John Coltrane.*

NOTA DE VOZ 146_LUNA

01:33
¡Venga, cuenta!
¡Si lo apagas!
¡No!
Apágalo, anda.
¡No! Si no grabo, igual no me acuerdo.
Bah, fijo que ni lo oyes después.
Pero está, por si me hace falta. Y es mucho más de fiar que mi memoria.
Igual no está mal olvidar algunas cosas. O recordarlas a tu manera. Además, los móviles se pierden, o te los roban, en verdad tú sabes más que yo de eso, ja, ja, ja, la cabeza, no.
¡La cabeza también! Mira a Estrella. Si hubiera tenido todo grabado… Tal vez…
Vale, anda. Graba lo que quieras. He dejado la bici en la salida, junto a la fuente.
¿¡Has venido en bici!?
¡Y qué iba a hacer! ¡Eres mi pana y me necesitabas!
¿Y cómo me has encontrado?
Fácil. Me dijiste que ibas a ver a Estrella. Y me mandaste un *selfie*. Vi lo que había detrás de ti. El segundo plano también cuenta, ja, ja, ja.
¿¿Eeeh?? ¿Y eso?
La fuente. Seca.
¡No! ¡La pintada! AQUÍ HABÍA AGUA.

Literal. Había agua.
¡Es pintura roja! ¡Enséñame tus manos!
Pintura roja. Ja, ja, ja. ¿Querías que te lo contase, ¿no? ¡Pues ya lo sabes!
¿Eres tú quién hace todas esas pintadas? ¿¡Tú!? ¡¡Menuda crack!!
¡Nooo! Sólo algunas. Somos muchas. Y no hacemos siempre lo mismo.
¿Hay quienes plantan verduras en campos de golf?
O entran a ducharse en los aspersores. Y más. Algunas mazo arriesgadas. Yo no conozco a todo el mundo. Sólo a las de mi grupo. Hay un montón, en muchos sitios, y se organizan como quieren. Nos comunicamos por redes.
¡Vaya máquinas! ¿Y yo...? ¿Podría...?
¡Iba a pedírtelo!
¡A Estrella le habría encantado!
En el grupo también hay alguna estrella. Aunque no se llame igual, brilla lo mismo. Ya las conocerás. ¡Ahí está mi bici!
¿Vamos a montarnos las dos?
¿Y qué hacemos si no?

NOTA DE VOZ 147_ESTRELLA

05:36
Estoy sentada en el suelo. Apoyada en la cama, hace demasiado calor para meterme en nuestra cueva. Hace demasiado calor casi para todo. Chorreo agua. Acabo de ducharme, justo justo antes del corte, y me he puesto el pijama sin secarme. Sólo las manos. Para sujetar el móvil. Porque ¿sabes? he recuperado mi móvil. Bueno, lo ha recuperado mamá. El tuyo está otra vez en el cajón. Gracias por prestármelo. Antes de guardarlo, te envié todos los audios que grabé para ti y me envié los que hice con tu móvil cuando fui a visitarte. He visto que tú también tenías grabaciones. Aunque pocas. Cuatro. Muy cortitas. Son de días antes de que te fueras para siempre. Están numeradas y tienen título. No las he escuchado. Pero he apuntado los títulos:

1. Patos
2. Cuerpo
3. Oscuro
4. Tierra

A lo mejor las oye mamá algún día. O yo, cuando sea mayor. Por ahora, el móvil está en tu cajón y nadie va a tocarlo. Igual también cuando sea mayor, o quizás antes, me llevo los libros que aún quedan en tu mesilla.
Pues te cuento. Fijo que estás deseando saber el final de nuestra aventura. Siempre fuiste muy curiosa. Después de dejarte, Luna y yo nos montamos en su bici y salimos a la autopista, no hay otra manera de volver. Estaba completa-

mente atascada. Todos los coches hacían sonar las bocinas a la vez. Sobre ellos, y nosotras, se extendía un nubarrón negro e irrespirable, de calor y carburante quemado. Olía al humo, asqueroso, que raspa la garganta, de los tubos de escape. Luna y yo pasamos sorteando coches, en zigzag, turnándonos para pedalear. Era cansadísimo. Además, los conductores bajaban la ventanilla para insultarnos. Incluso algunos nos arrojaban colillas encendidas. Juntaban el pulgar y el índice y ¡clac! disparaban. Luego subían rápido las ventanillas, para que no entrara el calor. Pero, durante un segundo, y a pesar de las colillas y los insultos, disfrutábamos del chorro de aire frío que salía del interior. Al final tuvimos que pararnos en el arcén. El sudor nos resbalaba por la cara y el cuello y nos pegaba las camisetas al cuerpo. Ardíamos. Estábamos mareadas, hechas polvo y muertas de sed. Nos quedamos quietas, aún sobre la bici, bajo el sol, oyendo el estruendo de los motores y las bocinas, sin saber qué hacer. Yo tenía miedo a que nos diera un golpe de calor. Me obsesionan los golpes de calor, lo sabes. Al final, no nos quedó otra que pedir auxilio. La madre de Luna estaba trabajando. Mamá, en cambio, libraba. La llamé desde el móvil de Luna. Fue idea suya. Y tenía razón, mamá se habría dado un susto enorme si le aparece tu nombre en la pantalla. No me hizo casi preguntas. Sólo repetía, ¿Estás bien? ¿Estás bien? ¿Y este número? ¿Dónde estáis? ¿Estás bien? ¿Dónde estáis? Y cuando se lo expliqué, no dijo más que no os mováis de ahí, voy a buscaros ahora mismo. Y llegó. No sé cómo lo consiguió, pero no tardó mucho a pesar del atasco. O a nosotras se nos hizo corto. Quizás por el alivio de saber que venía a rescatarnos. Traía agua. Varias botellas. Nos dijo que nos mojáramos la cara, el cuello y la nuca, y puso el aire, después de recomendarnos que bebiéramos a sorbitos. No de golpe. ¡Qué buena médica es! ¿verdad? Cuando nos vio mejor, cargó la bicicleta en la parte de atrás y arrancamos. Entonces sí que nos acribilló a preguntas, por qué no estábamos en clase, dónde había dejado mi móvil, por qué tenía el tuyo, si sabía la madre de Luna dónde estaba, por qué íbamos en bici por la autopista... Nos lo preguntó todo, y varias veces, menos una cosa, qué hacíamos en el cementerio. Sobre la visita que te hicimos no dijo nada. Tampoco me preguntó por el saxo. Pero estoy segura de que adivinó por qué lo había llevado conmigo. Aparcamos, subimos a casa, nos preparó algo de comer y nos dio más agua, tenéis que hidrataros, comed despacio... Ya sabes que cuando se pone en plan médica mamá es un poco pesada. Luego se empeñó en que Luna avisase a su casa, y eso que Luna le explicó que allí no había nadie. Su madre no salía hasta las tres y su hermano estaba en clase, o a saber, eso Luna sólo me lo dijo a mí. Mamá entonces se comprometió a llevarla más tarde, a ella y a la bici, a casa. Ni hablar de dejarla ir sola. Y, ya más tranquila, me pidió que le explicase bien qué había pasado con mi móvil. Se enfadó muchísimo. No conmigo, sino con Mispíquel. Me pidió su teléfono. Pero yo no lo sabía. No tenía ningún número. Estaban todos en el móvil. Se lo dije. Además de mi sospecha de que Mispíquel lo había tirado al río y a estas alturas estaría hundido en el fango. Dijo que al día siguiente hablaría con mi tutor y con la directora. Que todo esto era inadmisible. Y no pensaba dejarlo así. Nunca, nunca, la había visto tan cabreada. Y tan empeñada en encontrar mi móvil. Estuviera en el río o donde fuera, decía. E hizo algo que jamás habría imaginado. Jamás, jamás pensé que se le dieran bien esas cosas. Igual tú sí, era tu hija y la conocías mejor que nadie. Pues entró en Google y en cinco minutos lo había localizado. Al parecer no era la primera

vez que lo hacía. Perdía el suyo continuamente, dijo. Y es cierto. Tú y yo podemos certificarlo.
Nos subimos otra vez las tres al coche. Y allí estaba el móvil. No en el río, sino en la papelera que hay junto al pretil, enfrente del insti. Entre botes de refresco vacíos, paquetes arrugados de chuches, condones usados y alguna colilla de porro. Lo rescató mamá con unos guantes de las urgencias que llevaba en el bolso. Mispíquel no se había tomado muchas molestias, lo había tirado en el mismo sitio en que me lo quitó. Luego llevamos a Luna a casa. Al despedirnos, le di un abrazo muy muy grande y un montón de besos. Mamá también la abrazó. Y entonces me di cuenta de que le gustaba Luna, como te habría gustado a ti. Y aunque no pude ver tu cara en la suya sí vi cuánto os parecéis. Volvimos en silencio. Mamá ni siquiera puso música.

No está enfadada. Sino algo que no sé qué es. ¿Pensativa? No encuentro la palabra. Quizás una que no existe, entre triste y preocupada. Me siento fatal por ella. Soy un asco de hija. Te quería tanto a ti que no me di cuenta de todo lo que la quiero a ella.

SOS PLANETA
GRUPO: 23 PARTICIPANTES

Luna ha añadido a Sofía

LUNA
Holi Sofía!

AURORA
¡Hola! ¡Bienvenida!
Emoji carita sonriente con tres corazones

ALBA
Gif pingüino saludando con una aleta. A su izquierda aparece y desaparece la frase «hola tú!»

SILVIA
Holaa!

MAR
Bienvenida Sofía! **Emoji carita con ojos de corazones**

TAMARA
Gif perrito saludando con la patita. Encima se lee: «hola» Debajo: «como tas?»

ROSA
¡Bienvenida!

Hola!

Gif dos manos forman un corazón. Dentro está escrito «gracias»

NOTA DE VOZ 162_INSTITUTO

04:42
Otra vez estoy metida en el baño del insti, por lo que se ve, acabará siendo mi segunda casa. Hoy está más sucio que nunca, no se puede tirar de la cadena del váter porque han empezado a cortar también el agua dos horas por la mañana. Además, alguien se ha dedicado a pintarrajearlo todo. Son frases tan puaj como la mierda del váter. Dan mucho asco. Me entretengo cubriéndolas con pintura roja, ahora llevo siempre en la mochila. He tapado MOROS FUERA, CERDOS ROJOS, VIVA EL HOMBRE HETERO, FARSA COVID y CHICAS VAMOS A POR VOSOTRAS. Luego he perseguido a una mosca que daba vueltas a mi alrededor, venga a zumbarme en el oído, y he pintado sin querer el techo, el váter y mi camiseta. Me la suda. En cuanto suene el timbre saldré de aquí, atravesaré corriendo el pasillo y me iré a casa.
Se lo dije a mamá un millón de veces, que todo iba a ir a peor si hablaba con mi tutor y la directora. También ellos tienen miedo, no tanto de los alumnos como de sus padres. No aquí, en otros institutos, ya han pegado a algún profesor. Pero se empeñó, se está volviendo tan cabezota como Estrella, y fue a verlos. Nada más empezar la conversación, mi tutor le soltó que a mí también me gustaba meterme en movidas y que a veces me las buscaba. Me dieron ganas de contestarle OK *boomer*, pero me callé. Mamá se puso como una moto, que yo no le había quitado el móvil a nadie ni escribía barbaridades en la pizarra. Y el tutor contraatacó con que yo atentaba contra la intimidad de mis compañe-

ros, y mis compañeras, casi se le olvida mencionarlas, porque les hacía fotos y les grababa y que eso era igualmente una forma de violencia. Y mamá, que era supervivencia pura y dura, una manera como otra cualquiera de defenderse y tener pruebas del acoso, porque lo que me hacían era acoso, dijo acoso y no *bullying*, y que yo no pegaba a la gente ni la insultaba ni la perseguía... y que lo único que ella quería saber era cómo iban a protegerme de mis compañeras, aquí mamá se olvidó de mis compañeros, que también se meten conmigo. La directora pidió paz y propuso una reunión con los padres, enseguida rectificó, el padre y la madre de Mispíquel, y mamá aceptó de inmediato. Al salir, le dije que era una malísima idea, que sólo iba a servir para empeorar las cosas, que el padre de Mispíquel era un negacionista y un descerebrado, y fijo que también un machista, pero eso me lo callé. Mamá aseguró que hablando se entiende la gente y que, por favor, hasta entonces, no volviese a grabar a nadie con el móvil. Además, si no se podía hablar con el padre, seguro que se podría con la madre. Pensé que igual que con la directora, aunque tampoco se lo dije. Pero la madre de Mispíquel no fue, sólo Mispíquel y su padre, que no le dejó meter palabra a mamá en toda la conversación. Cada vez que intentaba hablar, le decía que no le interrumpiese. Entonces mamá levantaba la voz, para ver si así la escuchaba, y él le pedía que no se pusiera nerviosa y que seguro que su hija, yo, había salido así porque mamá era muy nerviosa. Mamá gritaba, ¿así? ¿Cómo? ¿Cómo ha salido mi hija según usted? Y la directora le pedía a mamá que se calmase. Mamá todo el rato le llamaba de usted al padre de Mispíquel. Remarcando la palabra, *usted*. Él a mamá de tú, y con el mismo tonito con el que le hablaría a una niña pequeña, no a un niño, a una niña, y muy muy pequeña. Mamá se enfadaba un montón, con razón, cada vez que lo hacía, y a Mispíquel se le escapaba la risa, yo tenía ganas de darle un puñetazo, y la directora venga a decirle a mamá que se calmase, lo que la ponía aún más furiosa. Normal. Al final llamó imbécil al padre de Mispíquel. Y él, muy digno, nos soltó un discurso sobre nuestros malos modos y de ahí, no sé cómo, saltó a la medicina, al timo que es la ciencia, a que *ellos* le habían comido el coco a mamá y a que yo era una mala compañía para su hija porque estaba, igual que mi madre, como una cabra. Sólo le faltó añadir que nos habían abducido los alienígenas. Le pasó el brazo por el hombro a Mispíquel, le dijo, vamos hija mía, y se largó después de pedirle a la directora que no volviera a molestarle por unas locas. La directora le dio un vaso de agua a mamá. Mamá lo rechazó, no quería agua, lo que quería es que dejaran de agredir a su hija o al menos que le dijeran cómo pensaban protegerme a partir de ahora. La directora volvió a pedirle que se calmara y que lo mejor era que yo no llevase el móvil a clase para evitar conflictos. Y una mierda, dijo mamá. Y salimos sin decir ni adiós.

Y claro, como era de esperar, todo ha ido a peor. La mitad de los días no voy a clase. Me los paso por ahí haciendo pintadas. Hasta ahora mamá no me ha pillado, o finge que no. El tutor ya no le pone un WhatsApp cuando hago pellas, creo que está más tranquilo sin mí. A veces vengo, como hoy, porque hay examen y no quiero perder el curso. Entonces Mispíquel y su grupito no me dejan en paz un minuto. Alberto ya no va con ellos, tiene un *crush*, un chico de otra clase, se pasan el día entrenando en el gimnasio y oyendo música en las pistas, y se esperan a la salida, no se separan nunca. Pero el resto me hace la vida imposible. Me insultan, me tiran cosas, me ponen la zancadilla al pasar. Por eso, en cuanto ha sonado el timbre del recreo, me he metido aquí. Y cuando vuelva a sonar, saldré y me iré a

casa. No puedo hacerlo antes porque hay que pasar por el patio y ahora está todo el mundo ahí.
Suena el timbre.
¡Uff! ¡Al fin!

NOTA DE VOZ 163_ESTRELLA

03:31

Perdona, Estrella, hace días que no te pongo un audio. Y no es porque te quiera menos, ni porque no me acuerde de ti. Sé que me dirías que me deje de tonterías, que no tiene ninguna importancia, que quererse, tú lo llamas amor, pero a mí esa palabra me suena cursi, está por encima de esas cosas. Lo que de verdad me molesta no es hablar menos contigo, es no saber por qué. Podría decirte que tengo mucho que hacer, pero no es verdad. Estudio, más bien poco. Voy de nuevo a saxo y a veces me espera Luna con su bici a la salida. He vuelto a publicar en *Tortugas* y ahora es Luna quien escribe los textos. Lo hace casi tan bien como tú. Igual, no. Eso es imposible. Ojalá pudieras leerlos. Y, sobre todo, conocerla. El resto del tiempo, que es muchísimo, casi nunca voy al insti, no te enfades, porfa, lo paso aquí, en casa, escucho música, veo vídeos, *stalkeo* a las de mi clase, en Insta y TikTok, en BeReal no puedo, paso de meter fotos mías, y me aburro muchísimo. También hablo con el grupo, pero sólo para cosas que de verdad importan y no todo el rato como en aquel del cole. Hace unos días nos llevamos un buen susto. Detuvieron a Tamara y a Rosa por cortar la autopista con una pancarta enorme, nos costó mazo hacerla, que decía, SIN AGUA NO HAY VIDA, y a Mar, que las estaba grabando para colgar luego el vídeo. Rosa es diabética y no nos dejaban entrar a ver si estaba bien. Tardaron dos días en soltarlas. Estoy segura de que si aún estuvieses aquí habrías sostenido la pancarta con ellas y habríamos tenido que ir a buscarte también a ti a comisaria.

Pienso que a lo mejor lo de no ponerte tantos audios como antes es porque ahora voy con mamá al cementerio, a verte y a regar tu castaño, y allí también te hablo, sólo que en mi cabeza, mamá me tiene prohibido grabar audios, y poco, y es que por culpa del calor no podemos estar casi nada. Dentro de mucho mucho tiempo, ¡qué despacio crecen los árboles!, nos resguardaremos bajo la sombra del tuyo y nos pasaremos horas contigo sin arriesgarnos a coger una insolación.
Casi se me olvida contarte lo más importante, tu castaño ya no está solo. Ahora le hace compañía una higuera, *Ficus carica*, tuve que buscar su nombre en latín porque no me acordaba. La ha plantado Antonio, en la tumba de Nieves, que está justo al lado de la tuya. Nieves es su mujer y se murió el año pasado. La familia de Nieves tenía un huerto en el pueblo con una higuera, Antonio dice que era muy hermosa, tanto como su mujer, y daba unos higos muy sabrosos. Nos lo ha repetido muchísimas veces. Cuando Nieves y Antonio eran novios solían sentarse a su sombra en verano. Y no sabe qué olía mejor, las hojas del árbol o el pelo de su mujer. Esto también nos lo repite siempre. Es majo, a mamá le cae bien, pero habla mucho, no sé si tú le habrías aguantado. Pues Antonio, al ver lo bien que crecía tu castaño, pensó que le gustaría volver a estar con Nieves a la sombra de una higuera y la plantó. También hay un pequeño bebé de naranjo, *Citrus × sinensis*, de este nombre sí que no me había olvidado. Lo ha plantado María para su hijo Samuel, que está enterrado a unos metros de ti, en la esquina, junto a la tapia del cementerio. Samuel, de pequeño, no podía pasar un día sin comer naranjas. Si no había, María iba corriendo a la tienda para que no le diera una rabieta. Yo estaba cuando lo contó, se rio al recordarlo. Al fondo, aunque está bastante lejos se puede ver desde tu tumba, al-

guien, no sabemos quién, ha plantado una encina, *Quercus ilex*, de este nombre no tenía ni idea. La persona que está ahí enterrada se llama Anita. Lo pone en la lápida.
¡Ah! Mamá, Antonio y María ahora se turnan para cuidar los árboles. A veces, si ven que le hace falta, también le echan agua a la encina de Anita.

NOTA DE VOZ 164_ESTRELLA

00:15
Otra cosa, ¡en nada será tu cumple! No se me olvida. Se me ha ocurrido un regalo muy especial. No te lo digo porque es una sorpresa. ¡Te va a encantar! Luna y Silvia se apuntan a ayudarme. ¡Me pongo supernerviosa sólo de pensarlo!

NOTA DE VOZ 165_ESTRELLA

00:14
A lo mejor lo hacemos mañana. Aún no lo sé. Pero podría ser, a mamá le toca noche en el hospital y la de Luna cena con unas amigas. Silvia puede salir cuando quiera, ya ha cumplido dieciocho. No te digo nada más, a ver si te voy a hacer *spoiler*.

NOTA DE VOZ 168_SOS PLANETA

00:53
¿Seguro que no hay nadie?
¡Segurísimo! El vigilante cierra y se va.
Tendrán alarma…
¡Pero no vamos a entrar!

¡Eh, eh! ¡Mejor en un lateral! Aquí es un cante. Igual pasa gente.
¿A estas horas?
¡Por si acaso! Además, nos pueden ver desde las ventanas.
Eso sí.

¡Vamoos!

¿Mar? ¿Lo tienes?
¡Lista! ¡Grabando!

Sofía, empieza tú.

¡Verde sobre negro! ¡Queda guay!
¡OK *boomer*, jajaja!
¡Eh, vosotras, que no soy tan vieja!

¡Uy se me tuerce la A!
¡Has hecho una H enana, tía!
¡Y la B parece una pera!
¡Van a pensar que íbamos puestas!
¡Tal cual!

¡Chiss! No montéis escándalo. A ver si nos va a oír alguien.
¡Bah! ¡Pesada!

¡Hecho!
¡Vaya máquinas!
¡Es que tenemos mucha práctica, ja, ja, ja!

¡Está chulo!
¡Y se ve mazo!
¡Ni tan mal!

¿El vídeo?
¡Guay!

Sofía, haz la foto y nos piramos.
¡Voy!
¡Mira que eres cagada!
¡Prudente! Que además estas dos son menores.

¡Ya está!
¡Ale, pues todas a casita, que es hora!

NOTA DE VOZ 169_ESTRELLA

00:15
¡Feliz cumpleaños, Estrella! Espero que te guste el regalo. Lo hemos hecho las chicas y yo esta noche. Te mando foto. Ojalá desde donde estés puedas verla.

También tenemos vídeo. Lo colgaremos en redes.

1 Elemento seleccionado
Enviar
Compartir archivos vía
Whatsapp
Estrella

Fotografía de un lateral del edificio de la supercomputadora. Hay una gran pintada que dice AQUÍ HABÍA ÁRBOLES.

NOTA DE VOZ 170_ESTRELLA

00:21
La pena es que no se ve desde las ventanas. Pero bajaré en cuanto se haga de día, antes de que tengan tiempo de borrarla, y mientras la miro pensaré en ti.
Luego cerraré los ojos y te veré sentada en tu silla plegable, debajo de un castaño, con el sombrero de paja puesto y un libro entre las manos.
Te quiero, Estrella. Siento no poder tirarte de las orejas.

NOTA DE VOZ 178_YO

04:00

Estoy en el barrio de Luna. En un soportal, apoyada en la pared, con la bici al lado y el culo dolorido. Hoy tampoco he ido al insti. Ni Luna. Ella también está harta de que la insulten. Aunque lo suyo es peor. La llaman *caramona*, se llevan las manos a las axilas y chillan, ¡Ua! ¡Ua! Como su hermano nunca está y su madre tenía turno, ha aprovechado para fumarse la clase, así se libra, al menos por una mañana, de esa tortura. He venido a verla porque su tutor no es como el mío y avisa a su madre cuando falta. La madre de Luna es más dura que mamá y la castiga, la última vez la dejó una semana sin salir y le confiscó el móvil, lo más seguro es que no podamos vernos, ni hablar, en días. Además, hace menos calor y es más fácil moverse. En verdad no es que haga menos calor, sino que no hay sol. El cielo está cubierto de nubes espesas, de un blanco feo y sucio, es muy agobiante, te pasas el rato mirándolo, deseando que llueva y no cae una gota. Lleva así varios días. Hay una humedad pegajosa que te hace sudar sin parar y los mosquitos se te echan encima a la mínima oportunidad. En la bici, tengo que ir con una sola mano y espantarlos con la otra. He parado varias veces por el camino para secarme el sudor con la camiseta y sacar la botella de agua de la mochila y he aprovechado para hacer pintadas cuando no me veía nadie. Este barrio está lleno de bloques altísimos, todos iguales, muy pegados los unos a los otros. Aquí no sólo no hay vegetación, como en el resto de la ciudad, sino que tampoco corre aire. Los edificios están tan apiñados que no queda

ni un hueco por donde pueda pasar. En un muro he escrito MÁS ÁRBOLES Y MENOS ASFALTO, y una mujer *random* se me ha acercado, pensaba que me iba a regañar, pero no, me ha dicho ¡toda la razón, chavala!, me ha dado una palmadita en el hombro y se ha metido en un portal. Para llegar a casa de Luna hay una cuesta empinadísima. La he subido con la lengua fuera, empujando la bici y chorreando sudor. A la vuelta, para compensar, me he lanzado cuesta abajo a toda hostia mientras escuchaba a Samantha Fish. Mola un montón. De pronto, me he dado cuenta de que se acababa la cuesta, me he asustado tanto que he frenado de golpe. La bici se ha parado en seco y yo he salido despedida por encima del manillar y he caído, sentada, en el suelo. Por eso me duele el culo. Tanto, que no sé si voy a tener que volver a casa andando.
Desde que estoy aquí, no hacen más que pasar mujeres mayores. Será por la hora. Y aunque ninguna se parece a Estrella, todas me la recuerdan un poco. Algunas pasean y otras van o vuelven de la compra empujando carritos o cargadas con bolsas. La mayoría lleva sombrero y el paraguas abierto, por miedo al sol, aunque hoy esté escondido detrás de las nubes. Una iba hablando sola. Lo sé porque no llevaba auriculares. Estrella y yo solíamos bromear con que antes, si alguien hablaba solo, la gente lo tomaba por un chiflado y ahora, en cambio, piensa que está con el móvil. En verdad, también grabar este audio es una forma de hablar sola, porque no lo hago para nadie, y fijo que si no fuera por el móvil todo el mundo creería que estoy loca, o que voy puesta, como soy joven…
Estrella decía que hablar en voz alta produce el mismo efecto en el cerebro que hacerlo con otra persona. Así que al cerebro, mientras hables en alto, le da igual que sea con alguien, sola o al móvil. Yo estoy de acuerdo con el cere-

bro, ¿qué más da? Nunca le pregunté a Estrella qué pasa cuando hablas por dentro, sin que nadie pueda oírte. No me refiero a pensar, sino a dirigirte a otra persona, una imaginaria, o real. Me parece un lío tremendo. Y raro. Voy a mirarlo, a ver si lo encuentro.

NOTA DE VOZ 180_ESTRELLA

01:59

Mamá ha empezado a recoger algunas cosas de tu cuarto. Pocas. En realidad, ninguna. Sólo lo intenta. Pero enseguida se rinde. Abre tu armario, saca unos zapatos, los deja en el suelo, murmura algo sobre la última vez que te los pusiste, después me mira, yo sonrío, y vuelve a dejarlos dentro del armario. Lo cierra. Abre el cajón de la mesilla. Mira tu móvil, las pastillas. Se decide por las pastillas. Vacía el pastillero y lo vuelve a guardar en el cajón. Me mira y se disculpa, igual puede sernos útil. Y así todo. A veces ni siquiera llega tan lejos. Sólo entra, se sienta en tu cama y suspira. Yo también estoy ahora sentada en tu cama. Tampoco me decido a llevarme los libros que quedan y dejar vacía tu mesilla. De alguna manera, mientras estén aquí tus cosas es como si aún estuvieras tú. Creo que eso es lo que le pasa a mamá. ¿Sabes?, la verdad es que mamá me preocupa. No porque piense que tenga algo malo, no. Sino porque no sé qué es lo que tiene. Bueno o malo, no sé qué es. Está distinta. Quizás tú sí lo sabrías, porque siempre adivinabas qué nos pasaba a tus dos niñas sin que te lo dijéramos. Pero yo todavía no la pillo. No está nerviosa. Ni parece triste. Aunque se le saltan las lágrimas por cualquier cosa. Se las limpia corriendo y yo finjo que no me he dado cuenta. Sigue sin hablar mucho. Pero al fin y al cabo es mamá. Quizá está más tranquila. Ha empezado a dormir en su cama, eso sí. Ahora, cuando por la noche me vienen los *reels* con mi vida, esto creo que no te lo he contado, pero no te preocupes, cada vez me pasa menos, no puedo meterme en su cama, así que me meto en la tuya. Sigue despotricando del trabajo, y no me extraña, pero también procura no salirse de sus horarios y cogerse los días libres que le corresponden. Hasta una vez estuvimos en el cine, como antes. Aunque luego se siente fatal. Lo sé porque anda por la casa hablando sola, en voz alta. Debería haber ido, dice, ¿y si le pasa algo a alguien? Sí, tendría que haber ido. Y enseguida se contesta, bueno, no soy responsable del mundo. No puedo cargármelo sobre las espaldas. Esta frase es tuya, ¿te acuerdas? Se la decías todo el rato y no había manera de que te hiciera caso.

¿Sabes una cosa? A veces pienso que no habla sola, sino contigo. Como yo.
Suena el timbre a lo lejos.
¡Te dejo, que llaman a la puerta!

NOTA DE VOZ 181_YO

01:20
Esto no se lo voy a contar a Estrella. No le gustaría. Y no quiero que se ponga triste. Antes, quien ha llamado a la puerta ha sido el cartero. Me ha preguntado si Estrella vivía aquí. Me he llevado tal susto que no he sido capaz de contestar. Sólo le he mirado. Debía tener cara de pánico porque me ha dicho, ¿está tu madre en casa, bonita? Y entonces, justo detrás de él, he oído la voz de mamá que llegaba con la compra. Soy yo. ¿Qué pasa? El cartero le ha dicho que traía una citación del juzgado para Estrella. Mamá se ha quedado petrificada un segundo. Luego ha abierto la boca como para ir a hablar y ha vuelto a cerrarla sin decir nada. El cartero le ha mostrado el sobre y le ha preguntado si ella era Estrella. Mamá, entonces, ha dicho que no, que era su

hija y ha sacado el carné del bolso. Y mientras firmaba y recogía la citación, he vuelto a ver a Estrella abrazada al árbol y a los hombres de la excavadora gritándole, ¡señora, por favor, apártese! También a la policía metiéndola en el coche. Y ahora pienso que el regalo de cumpleaños que le hice fue, además, una venganza.

Mamá ha cerrado la puerta de un golpe. Llevaba el sobre en la mano. Lo ha rasgado y ha leído la citación. Después la ha roto en pedazos, los ha arrojado al suelo y, mientras los pisaba furiosa, gritaba, ¡cabrones! ¡Cabrones! ¡Cabrones! He tenido que gritar yo también, con todas mis fuerzas, ¡Mamá!, para que parase. Y entonces se ha echado a llorar. He recogido los pedazos y los he tirado al cubo del papel. Ahora mamá se está duchando. Yo he guardado la compra y estoy en la sala esperando a que salga. No me atrevo a irme a mi cuarto.

NOTA DE VOZ 19_FAMILIA

05:15
Oye, Estrella, ¿cómo eras cuando tenías mi edad?
Hum… ¿Silenciosa? Curiosa. Quizá un poco avasalladora. Mi abuela diría que una pesada y una cotilla. Y mi madre que era incansable y no paraba hasta llegar al fondo de las cosas.
¿Silenciosa? ¿Tú? Pero ¡si te encanta hablar!
¡Ahora! De niña y, sobre todo, de adolescente me habría gustado ser invisible, por eso procuraba no hacer ruido, para que nadie se diera cuenta de mi presencia. Así podía observar y analizar todo a mis anchas. Daba igual que estuviera en casa, en el colegio, en la calle o en el pueblo, con personas, con animales o entre plantas. Me fijaba en todo, y luego, en mi cuarto, por la noche, tomaba notas, formulaba hipótesis, sacaba conclusiones, y buscaba confirmarlas. Supongo que ya tenía una actitud científica, aunque no supiera todavía lo que era eso.
Ja, ja, ja. ¡Eras una friki! ¡En mi clase fijo que te habrían hecho *bullying*!
Pues no me quedaba ahí. Enseguida empezaba con las preguntas. ¿Cómo puedes confirmar una hipótesis sin contar con todos los datos posibles? Quería saberlo todo sobre todo. Entonces era cuando mi abuela se hartaba y me decía aquello de por qué, por qué, pues porque sí, y lo de en boca cerrada no entran moscas. Mi madre sí contestaba a mis preguntas, con infinita paciencia, además. El problema es que a menudo desconocía las respuestas, así que me refugié en los libros. ¡Benditos libros! Me pasaba la vida

de biblioteca en biblioteca. Aunque a ti ya sé que leer no te gusta mucho.
Es que ahora es distinto. No necesitas libros. Salvo los de texto. Cualquier cosa que quieras puedes encontrarla sin ellos. Eso sí, hay que tener cuidado con las fuentes, por los bulos. Y las mentiras. Hay muchísimas mentiras. Pero seguro que en los libros también las había.
Sin duda. Sólo que ahora las mentiras se extienden más, y más rápido.
¿Nunca te rendías? Porque, busques donde busques, ni antes ni ahora, hay respuesta para todo.
Claro que no la hay. Pero es que yo era bastante cabezota. Me costó mucho darme cuenta y aún más aceptarlo.
¡Y sigues siéndolo!
¡Qué va! Si me hubieras conocido entonces... Ahora soy flexible, tolerante y hasta paciente.
Ja, ja, ja. ¡Muero! ¡Tolerante y paciente! ¿Tú?
¡Sofía, no seas mala con tu abuela! ¿Sabes?, lo importante de hacerse preguntas no es tanto poder contestarlas como el proceso en sí de buscar respuestas. Si tienes la mente abierta, te puedes encontrar con muchas sorpresas, incluso con nuevas preguntas inesperadas y éstas sí, a veces, tienen respuesta.
¿Como cuando haces una búsqueda y de una cosa pasas a otra y a otra y al final se te olvida qué estabas buscando? Mi tutora a eso le llama dispersión.
Depende de cómo lo mires. Porque en ese recorrido, que no es fortuito, al menos a nivel inconsciente, es probable que des con cuestiones sobre las que, de otra manera, jamás se te habría ocurrido indagar. A mí me parece extraordinario.
Sigo pensando que mi tutora no te aceptaría ese argumento.
¡Olvídate de tu tutora! Mira, cuando era niña, muchas ve-

ces, por la noche, reflexionando sobre alguna cosa, sentía que podía ver más allá, hacerme una idea general e intuir sus posibilidades. Era como si en lugar de darle vueltas, abriese la mente y mirase lo que hay delante y lo que hay detrás y junto a y las relaciones entre todo eso, incluida la cuestión de la que había partido.

¿Sabes lo que más me agobia? Pensar por qué pasan las cosas. Si es por casualidad, entonces todo depende de lo que decidas en cada momento, como en una peli distópica en la que tienes infinitas vidas paralelas y debes elegir una a ciegas. Dan ganas de no moverse. Aunque quedarte en plan estatua tampoco sé si sirve... porque a lo mejor, ¿quién sabe?, ésa es la peor opción. ¡Puf! ¡A ver cómo aciertas! En cambio, otras cosas con las que la gente se come la cabeza a mí me parecen tonterías, por ejemplo, la existencia de dios. ¡Hay que ser *flipao* para creer que hay alguien ahí arriba mirando todo lo que hacemos!

Vaya, claro, es cuestión de fe, y la fe es lo más ajeno al método científico que te puedes imaginar. Pero entiendo a la gente que se refugia en ella, y a veces hasta la envidio. Saber que todo obedece al azar o que la conciencia se extingue con la muerte, puede dar mucho vértigo. En cambio, pensar que es decisión de dios da tranquilidad. Y más creer que hay otra vida después de esta.

Ya. Es que morirse en verdad es rarísimo. Estar aquí y, de pronto, se acabó. ¡Uf, sólo imaginarlo da mal rollo!

La muerte no es más que un proceso natural, Sofía, como la vida. En realidad, si lo piensas bien, es mucho más extraño estar vivo que estar muerto.

¡No me digas eso! A ver si ahora me voy a pasar el día tomándome el pulso.

¡Ni se te ocurra! ¡Que tu madre me mata! Bueno, tener miedo es normal, estamos programados para buscar la su-

pervivencia. Pero fíjate, para los seres vivos no es tan esencial sobrevivir individualmente que como especie.
¡Ya! Pero yo no soy un gato, ni un virus... tengo conciencia.
Bah, la conciencia. Nunca me ha despertado mucha curiosidad la cuestión de la conciencia. En primer lugar, ¿puedes definir qué es la conciencia? La ciencia no se pone de acuerdo. ¿Y, en todo caso, cómo sabes tú que los animales no la tienen?
Porque yo sé quién soy.
Y ellos, de alguna manera, también. Se nota que nunca has convivido con un perro o con un gato. En cualquier caso, si imaginas a la humanidad no como individualidades aisladas sino como un organismo complejo en el que todos los que existen están vinculados entre sí y también con los que existieron antes y con los que existirán después, entonces pierdes el miedo a la muerte. Un filósofo afirmó que a lo que de verdad hay que temer no es al propio final, sino a la extinción de la humanidad, porque eso, dijo, significaría matar a todos los muertos. Yo estoy de acuerdo con él.
Jo, Estrella, no me cuentes estas cosas. ¡Me vuelvo puto loca y luego no puedo dormir pensándolo! Paso. Te echo una al Scrabble. ¿Te hace?
¡Venga! ¡A ver si esta vez me ganas!
¡Pues la última casi...!
¡Ya salió doña casi!
Risas.

NOTA DE VOZ 198_YO

00:16

Estoy sola en casa. El cielo está negro. Bajísimo. Y hace un calor asqueroso. Húmedo y pegajoso. Los mosquitos bailan al otro lado de la ventana como si se hubieran vuelto locos del todo. Yo los observo, aburrida, harta de TikTok, que ya me raya, pero sin ganas de hacer otra cosa.

NOTA DE VOZ 199_YO

00:50

Sonido fuerte y constante de truenos.

¡Guau! De pronto un relámpago ha iluminado la sala y casi a la vez se ha oído un trueno tremendo. Después otro relámpago, y otro trueno. Y así cantidad de veces.

¡Y sigue!

Relámpago-trueno.

Relámpago-trueno.

Relámpago-trueno.

Es como si el cielo se estuviera derrumbando sobre nuestras cabezas. Menos mal que estoy metida en casa.

Sonido ininterrumpido de lluvia muy fuerte.

Y ahora empieza a llover. ¡Buah! ¡Cómo llueve! Llueve igual que si se hubiera abierto una compuerta en las nubes para dejar salir a la vez toda el agua que no ha caído en meses.

¡Menuda tromba! ¡Qué manera de caer! ¡Da hasta miedo!

¡No para!

Es de día y no se ve nada. ¡Ni siquiera se distingue la supercomputadora con lo grande que es! Entre ella y mi ventana hay una cortina espesa de agua.

NOTA DE VOZ 200_YO

01:13
Ha parado. De golpe. Como empezó.

Hay un silencio raro.

Sonido lejano de agua.

¿Ese ruido?...

Sonido cada vez más fuerte y cercano de agua que corre turbulenta.

¡Toma ya!

¡Flipo!

¡No hay calle!
¡Es un río!
¡Un río marrón! ¡Lleno de remolinos!
¡Lo arrastra todo!

¡El agua está entrando en la tienda de abajo...!
¡Y en el garaje...!
¡Y en el portal de casa!
¡En el edificio de la supercomputadora llega casi al primer piso!
¡Hostia! ¡Acaba de pasar un banco!

¡Y vallas!
¡Se lleva los contenedores!
¡Y coches! ¡Son coches! ¡Qué fuerte! ¡Los arrastra la corriente!
¡Y hay gente asomada a las ventanillas!
¡Una mujer en un capó! ¡Ay, ay, que se cae! ¡Ay! ¡Resbala!
¡Intenta agarrarse! ¡Ay, que se cae!
¡Ahivá! ¡Un remolino ha engullido el coche! ¡Joder! ¡Joder!
¡Está ahí! ¡Ahí! ¡La veo! ¡En el agua! ¡Mueve los brazos!
¡Ay! ¡Se la lleva...! ¡La corriente se la lleva!
Ha desaparecido.

Ha desaparecido al fondo de la calle.

Cierro los ojos.
Me aparto de la ventana.

Imagino el río desbordado, tragándose calles y casas, loco, como si se estuviera vengando, AHORA SÍ CORRE EL AGUA.

¡Ojalá se lleve el instituto!

Tengo miedo.

NOTA DE VOZ 201_YO

00:10
Llueve otra vez. Me acuerdo de Estrella. Me acuerdo de que el cementerio está en alto. El agua no llegará a su tumba. Ni se llevará su castaño.

NOTA DE VOZ 202_YO

00:14
Sonido constante de sirenas que se acercan y se alejan.
De pronto ha salido el sol. El agua se ve más verde. La fachada de la supercomputadora brilla terrorífica en medio de la corriente. Las sirenas de los bomberos y las ambulancias suenan sin parar.

NOTA DE VOZ 203_YO

00:15
Dicen que hay mucha gente desalojada, les están buscando dónde dormir, que ha descarrilado un tren, que hay bolsas de agua en las carreteras y personas atrapadas en los coches, que se ha derrumbado un puente y que son muchísimos los edificios inundados.

NOTA DE VOZ 204_YO

00:11
Luna está muy preocupada. Su madre se fue a trabajar por la mañana y no ha vuelto. Tampoco coge el móvil. Por una vez, su hermano está en casa.

NOTA DE VOZ 205_YO

00:41
Mamá me ha llamado varias veces. No puede volver. La autopista está cortada. Va a tener que pasar allí la noche. Ade-

más, cada vez llega más gente y la necesitan. Hay muchas personas con fracturas y golpes, politraumatismos, como dice ella. Algunas lloran porque han perdido sus casas, o porque ha muerto alguien de su familia, o no aparece, o porque han estado a punto de ahogarse y han pasado verdadero miedo. Me ha contado que mi instituto se inundó y tuvieron que desalojarlo. Todo el mundo está bien, pero hay varias aulas muy afectadas. No saben cuándo podrán volver a abrirlo. Ha añadido que, por una vez, se alegraba de que hubiera hecho pellas.

NOTA DE VOZ 206_YO

00:08
Sé que está mal, pero ojalá el agua se hubiera llevado a Mispíquel.
Espero que al menos se haya pegado un buen susto.

NOTA DE VOZ 207_YO

00:35
Sigo sola y ya es de noche. No hay luz. Me he dado cuenta al mediodía, al abrir la nevera. Por lo que he visto, casi toda la ciudad está a oscuras. Se han inundado varios centros eléctricos y van a tardar en arreglarlo. No me gusta estar sola y a oscuras. Y no me atrevo a usar mucho la linterna del móvil por si se me acaba la batería. Fuera aún hay grandes bolsas de agua, y los bomberos y unas excavadoras intentan retirar los restos del desastre. Algunos reflectores iluminan de manera intermitente la calle. La luz entra en la sala. Es como una peli de terror. Da mucho miedo.

NOTA DE VOZ 208_YO

01:10

En el grupo están todas enfadadas, dicen que, con previsión, les encanta esta palabra, Rosa y Aurora la usan sin parar, se podían haber evitado muchas de las consecuencias de la inundación, pero sin la agencia de meteorología no hay manera de saber qué tiempo va a hacer para tomar medidas. La cerraron por las presiones de los negacionistas, y de mucha gente más que acabó creyéndose sus mentiras, los insultaban en redes, los llamaban asesinos, sicarios al servicio del mal, y los amenazaban de muerte, incluso hicieron manifestaciones en su contra. Dice Aurora que es más fácil creer que hay una conspiración que ver la realidad, porque el cambio climático da miedo, aunque cerrar los ojos no nos va a librar de sus efectos. Luna y yo hablamos a veces de que quizás la humanidad se extinga antes de que lleguemos a la edad de nuestras madres. Pensarlo es un mareo y no hay ganas. El futuro siempre fue infinito y ahora puede que sólo dure unos años. Pero Aurora insiste en que no hay que rendirse. Aurora me recuerda a Estrella. En verdad, sólo se parecen en la edad, Aurora es más bajita, y más seria, y aunque le encantaba la historia no pudo ir a la universidad, a mi edad ya estaba trabajando en una tienda y no ha parado hasta que se jubiló, pero pensar piensan lo mismo las dos.

NOTA DE VOZ 209_YO

00:05

También han estado un buen rato en plan madres tratando de tranquilizar a la pobre Luna.

NOTA DE VOZ 210_YO

00:12

Nunca se me había ocurrido que no saber qué tiempo va a hacer pone en peligro a los aviones, tipo por niebla, viento, tormentas… Lo ha dicho Rosa. Y aunque los aviones son lo peor, la gente que va dentro no tiene la culpa.

NOTA DE VOZ 211_YO

00:18

El súper donde trabaja la madre de Luna está inundado. Una de sus compañeras ha llamado a Luna y se lo ha dicho. Su madre estaba bien, pero ha perdido el móvil. La arrastró el agua. Recibió muchos golpes y se la llevaron en ambulancia. Luna no hace más que llorar. He llamado a mamá y le he dado el nombre y los apellidos de la madre de Luna para que la busque.

NOTA DE VOZ 212_YO

00:10

Todo lo que hay en el congelador se está descongelando. No sé cómo vamos a comérnoslo. Si volviera la luz metería una pizza en el microondas. Y aún quedarían otras dos y un montón de cosas más.

NOTA DE VOZ 213_YO

00:16

Mamá ha encontrado a la madre de Luna. Está en observación, pero no tiene nada roto. Me ha pedido el teléfono de Luna y ella misma la ha llamado. Luna está más tranquila. Ha prometido cenar e intentar dormir un poco. Yo estoy en TikTok y miro Insta cada rato. No tengo sueño.

NOTA DE VOZ 214_YO

02:20

¡Ay! He soñado con Mispíquel, la arrastraba la corriente, movía los brazos mientras se la llevaba el agua. ¡Qué agobio!

¡Tengo que sacármelo de la cabeza!

NOTA DE VOZ 215_MAMÁ

01:08
Mamá volvió esta mañana. Tenía cara de estar agotada. Me dio un beso. Me preguntó si estaba bien y si había comido algo. Cuando se quedó tranquila, se quitó los zapatos y se dejó caer en el sofá. Yo me senté en el suelo. Apoyé la cabeza en sus piernas y, mientras me contaba todo lo que le había sucedido durante las últimas veinticuatro horas, me acariciaba el pelo. Luego fue hablando cada vez más despacio, su mano se movía cada vez menos, hasta que se detuvo. Entonces se calló y me di cuenta de que se había quedado dormida. No me moví. Yo también estaba cansada y todavía asustada. Sobre todo asustada. Me puse a mirar el móvil y no entiendo qué me pasó, pero volví a acordarme de aquella noche, cuando las oí. Y las grabé. Y pensé, ¿por qué lo haría? Entonces mamá se despertó. Dijo, ¿Sofía? Y yo contesté, ¿por qué lo hiciste? Mamá no me preguntó de qué hablaba. Tampoco cómo lo sabía. Sólo dijo, bajito, me costó oírla, por amor. Luego me dio un abrazo. Me apretó muy fuerte contra ella. Nos quedamos sentadas en el sofá, una al lado de la otra, en silencio, agarradas de la mano, durante mucho, mucho rato.

No sé si alguna vez lo entenderé. Pero sí sé que no volveremos a hablarlo.

GRABACIÓN 2

CUERPO

Móvil de Estrella

Del cuerpo de *yo* surgen brotes pequeños de hojas brillantes y
verdes crecen poco a poco hasta convertirse en ramas
el cuerpo se eleva se lo lleva el viento las ramas le hacen de alas
se eleva y cae como una balsa sobre un río el agua lo llena pero no
se hunde el agua le entra por los ojos por la nariz por la boca
las ramas crecen más y más y la corriente lo arrastra las ranas
saltan entre los dedos y los peces le picotean los pies y *yo* pájaro
vuela sobre el cuerpo y lo persigue desde el aire río abajo
intenta dar alcance a la balsa que es el cuerpo de *yo* que corre río
abajo entre remansos y rápidos las ramas crecen
se convierten en árboles sobre el cuerpo de *yo* árboles frondosos
de troncos gruesos venosos cargados de frutos y pequeños pájaros
los árboles echan raíces en el fondo del río bajo el agua y el cuerpo
de *yo* se detiene se fija transformado en una isla con hierba y
árboles *yo* descansa sobre los árboles entre los pájaros

NOTA DE VOZ 232_ESTRELLA

05:39

Hace muchos, muchísimos días que no te pongo un audio. El tiempo pasa rápido y hay cambios y cosas nuevas todo el rato. Nunca antes me había sentido así y creo que me gusta. Se acerca el invierno y hace menos calor, aunque todavía el sol quema y las nubes de mosquitos siguen por todas partes. Una vez me dijiste que el clima se había vuelto imprevisible, un caos climático, fue tu expresión. Así que mañana podemos estar a cuarenta grados, incomunicadas por una nevada o bajo una tormenta tropical, cuesta acostumbrarse a no saber nunca qué se nos viene encima. Aún no han terminado de reparar el instituto, tenemos clase online y eso me libra de hacer pellas para no ver a Mispíquel y el resto. El otro día Alberto me puso un WhatsApp, en plan cómo te va. Le dejé en visto. La verdad es que me costó, pero estuvo bien no contestarle, se lo tiene merecido. Tú perdonabas a todo el mundo, lo sé, te hicieran lo que te hicieran. Yo soy como mamá, una rencorosa. Igual no lo era antes y estoy aprendiendo. Sigo yendo a saxo, cada vez con menos ganas, a veces pienso que la música me gustará siempre, sólo que no en plan tocar un instrumento. Mamá está bien. Bueno, bastante bien. Al final hemos vaciado tu armario y yo he llevado tus libros a mi habitación, los he dejado en un rincón, en el suelo, junto a la ventana, y todavía no los he abierto. Lo haré, no sé cuándo, pero lo haré. Miento. He abierto uno. El único que guardaste de botánica. Y allí estaban las láminas, y las huellas de mis deditos pringosos. Cada día quiero más a Luna, es mi mejo, mi pana, como dice ella. Y ¿sabes?, mola tener una amiga, no te imaginas la suerte que ha sido encontrarla. En verdad, tú tuviste mucho que ver, fue a ti a quien se le ocurrió abrir *Tortugas* en Insta, yo sólo le puse el nombre. Sigo en el grupo, no sé si te conté que se llama «SOS planeta», y me encanta. Son todas supermajas. Y ahora entiendo por qué te abrazabas a los árboles sabiendo que los iban a cortar igual. Cuando haces algo por cambiar las cosas, o tipo oponerte a las que te parece que están mal, sientes que el mundo, aunque sea en una medida muy pequeñita, depende de ti, y el futuro te agobia menos, y si juntas lo poco que puedes hacer tú con lo poco que pueden hacer todas las demás, pues es mucho. Es algo así como la vez que reclamaste al banco diez céntimos que te habían descontado y mamá te dijo que no valía la pena tanto esfuerzo por esa cantidad y tú contestaste que no eran sólo diez céntimos, eran diez tuyos, y diez de no se sabe cuánta gente, y que eso al final es un montón de dinero. Seguro que si estuvieras aquí te reirías de que aún me acuerde del asunto de los céntimos. También me dirías que tengo razón, que las luchas tienen que ser colectivas, Aurora opina lo mismo, seguro que habríais sido amigas, sin embargo, a menudo empiezan por una pequeña acción individual y me recordarías, siempre lo hacías, a Rosa Park y el MeToo y la cita aquella de Hannah Arendt, la que repetías cada dos por tres. Hay un libro de ella, de Hannah Arendt, entre los que están en mi habitación, lo vi cuando los llevé, sólo que no me fijé en el título. Lo buscaré y te mandaré una foto. Sé que todas estas cosas que se me ocurren ahora vienen de ti, me las dijiste millones de veces, pero tenía que descubrirlas por mí misma. ¿Sabes?, darme cuenta de que he salido a ti hace que me sienta orgullosa. Estoy segura de que apoyarías todas nuestras acciones y que participarías en ellas, aunque te llamaran terrorista y te metieran en la cárcel, están metiendo a muchas científicas, y científicos, no quieren que nadie se entere de que nos estamos cargando el mundo. Lo bueno es que cada día nos sigue más gente en redes. Y lo que es aún mejor, cada vez hay más grupos como el nuestro. Ya verás, al final ganaremos a los malos, porque es lo que son, malos. No puede ser bueno alguien a quien no le importa destruir lo único que tenemos y sin lo que no podremos sobrevivir. Sé que tú lo veías igual, tal vez por eso me hablabas tanto de la importancia de las neuronas espejo. Sigo pensando que la persona sabia es, de todos los seres vivos, la más tonta y egoísta. Pero también tenemos algunas cosas buenas y, si nos empeñamos, podemos hacer mucho con ellas. ¿Sabes?, quizás estudie neurociencia en la universidad. Sólo quizás, porque aún falta mucho, y antes tengo que hacer mazo de cosas. He ido muchas veces a verte al cementerio, con mamá, con Luna, y sola. Tu castaño crece feliz, siempre hacia arriba, como si quisiera tocar el cielo, también la higuera de Nieves, el naranjo de Samuel y la encina de Anita, y todos los otros de los que no te he hablado, porque ahora hay muchos árboles. Son aún pequeños y frágiles, pero todos crecen, se dan fuerza los unos a los otros, y sus minúsculas sombras se proyectan en el suelo como queriéndonos anticipar lo grandes que serán en el futuro. El tuyo es el más alto, fue el primero, después, poco a poco, la gente siguió el ejemplo de mamá, algo así como lo de Rosa Park y el MeToo sólo que en justicia climática. Ahora tienen un grupo, se llama «Árboles», no podía ser de otra manera, lo usan para organizar los turnos de riego, así no van todos cada día, y para más cosas que mamá no me cuenta y que yo me puedo imaginar. Hoy, además de regar, mamá y yo hemos recorrido las tumbas una tras otra, muy despacio, leyendo en voz alta los nombres de las personas que están enterradas ahí y los de sus árboles: María Luisa un limonero, Juan un avellano, Martina un tilo, Ernesto un olmo, Laura un roble, Manuel un olivo…, todos crecen igual que el tuyo, con las raíces aferradas a la tierra y la copa buscando el cielo. Mamá ha comentado que en realidad las personas que han muerto y los árboles forman parte de la misma tierra y no hay manera de separar nuestras raíces de las suyas, estábamos junto a tu tumba y mientras hablaba pasaba el dedo por las letras de tu nombre. Luego ha juntado las manos y me ha mirado a los ojos y me ha dicho que tú le habías enseñado que la vida es sólo una, en todas sus manifestaciones, y que había que cuidarla y protegerla como un tesoro, y yo he pensado que estar en este planeta es raro y bonito a la vez, y merece la pena, y que igual que los árboles seguirán creciendo y quizás un día, quién sabe, dentro de un montón de años, lleguen a ser un bosque donde podamos sentarnos a la sombra, oír cantar a los pájaros y ver correr a las lagartijas, yo seguiré viviendo, aunque, como las tortugas, no sepa a qué playa voy a llegar.

Te quiero, Estrella. Y no te olvido.

Donostia, agosto de 2023

AGRADECIMIENTOS

A Nagua Alba, siempre, por su apoyo incondicional y su sabiduría.
A Eneritz Haro Alba, sin cuya valiosa ayuda no habría podido empezar este libro, y a Kira Miranda Alba, porque sin sus aportaciones no lo habría podido terminar.
A Martina Larriba Muñoz y sus alumnas y alumnos que resolvieron, con paciencia y entusiasmo, mis dudas.
A Marina Rodríguez Baras, por sus certeros comentarios y su amor a las estrellas, del cielo y de la tierra.
Y a todas las personas activistas por el clima, sobre todo a las más jóvenes, que luchan valientemente por defender la vida.

ESTA EDICIÓN, PRIMERA, DE
«TORTUGAS», DE ISABEL ALBA, SE
TERMINÓ DE IMPRIMIR EN
CAPELLADES EN EL MES
DE NOVIEMBRE
DEL AÑO
2024

Colección Narrativa del Acantilado
Últimos títulos

352. NATALIA GINZBURG *Sagitario* (2 ediciones)
353. ISAAC BASHEVIS SINGER *El seductor* (2 ediciones)
354. ISABEL ALBA *La ventana*
355. NICOLA PUGLIESE *Aguamala*
356. ANDRZEJ STASIUK *Una vaga sensación de pérdida*
357. GABRIELA ADAMEŞTEANU *Vidas provisionales*
358. JOAN BENESIU *Seremos Atlántida*
359. ZERUYA SHALEV *Dolor*
360. FULGENCIO ARGÜELLES *Noches de luna rota*
361. MARTA CARNICERO HERNANZ *Matrioskas* (2 ediciones)
362. CLARA PASTOR *Voces al amanecer y otros relatos*
363. GREGORIO CASAMAYOR *Búscame*
364. RAFAEL ARGULLOL *Danza humana*
365. SZCZEPAN TWARDOCH *El rey de Varsovia*
366. ISAAC BASHEVIS SINGER *Keyle la Pelirroja* (2 ediciones)
367. MARÍA IORDANIDU *Como pájaros atolondrados*
368. LÁSZLÓ KRASZNAHORKAI *Relaciones misericordiosas. Relatos mortales*
369. MENIS KOUMANDAREAS *El apuesto capitán*
370. GABRIELA ADAMEŞTEANU *Fontana di Trevi*
371. MANUEL ARROYO-STEPHENS *De donde viene el viento. Textos inéditos reunidos*
372. AFONSO REIS CABRAL *Gi*
373. GUZEL YÁJINA *Tren a Samarcanda* (2 ediciones)
374. JESÚS DEL CAMPO *Aguafuertes*
375. LÁSZLÓ KRASZNAHORKAI *El barón Wenckheim vuelve a casa*
376. PABLO MARTÍN SÁNCHEZ *Fricciones. (Nueva edición ampliada y revisada)*
377. PETER STAMM *El archivo de los sentimientos*
378. SÒNIA HERNÁNDEZ *Ejercicios de inmovilidad*
379. MIKOŁAJ GRYNBERG *Un brazo muerto del río*